U0585924

你因见识少

青春才迷茫

安盼利　著

SPM
南方出版传媒
广东人民出版社
·广州·

图书在版编目（CIP）数据

你因见识少青春才迷茫 / 安盼利著 . — 广州 : 广东人民出版社，2020.1

ISBN 978-7-218-13725-4

Ⅰ . ①你… Ⅱ . ①安… Ⅲ . ①故事－作品集－中国－当代 Ⅳ . ① I247.81

中国版本图书馆 CIP 数据核字 (2019) 第 147233 号

NI YIN JIANSHI SHAO QINGCHUN CAI MIMANG

你因见识少青春才迷茫

安盼利　著

版权所有　翻印必究

出 版 人：肖风华

策　　划：时光机工作室
责任编辑：钱飞遥　刘　颖　张　颖
责任技编：周　杰　吴彦斌

出版发行：广东人民出版社
地　　址：广州市新港西路 204 号 2 号楼（邮政编码：510300）
电　　话：（020）85716809（总编室）
传　　真：（020）85716872
网　　址：http://www.gdpph.com
印　　刷：广东鹏腾宇文化创新有限公司
开　　本：787 毫米 ×1092 毫米　1/32
印　　张：8.875　　　字　　数：200 千
版　　次：2020 年 1 月第 1 版
印　　次：2020 年 1 月第 1 次
定　　价：39.80 元

如发现印装质量问题，影响阅读，请与出版社（020-85716849）联系调换。售书热线：（020）85716826

目 录

第二章

世界以痛吻我，要我报之以歌

第三章

不能拥抱的短暂梦想，流浪的终点站

第四章

青春年少，不怕风雨迢迢

附　录

序

　　亲爱的读者们，原谅我没有在第一时间，把我的互惠经历整理成书，与你们分享。故事历经陈酿才愈发香醇，阅历经过沉淀才不带戾气。我愿用等待的三年时光，带给你更客观的青春参考。

　　十几岁时，迷茫彷徨；二十岁时，无所事事；临近三十了，终于发现一个真理——你的青春迷茫彷徨无所事事都是因为见识少！如果我早点觉悟，去丹麦互惠这段经历带给我的收获会远不止这些。

　　阴差阳错的机遇，我独自一人踏上陌生的旅途。与丹麦家庭相处中，东西文化碰撞，串成一个又一个小故事，带给我启迪与感动。

　　互惠结束后，我终于摘掉"迷茫""彷徨"等青春式矫情标签。这是青春的救赎，更是一个人的蜕变。

　　不信你看，姑娘我口语提升了，视野开阔了，"三观"更正了，生活有目标了，就连生活品味都变啦！

　　不知不觉，在追梦的道路上，我早已披甲戴盔、刀枪不入。

　　很多读者曾问我互惠是什么，这里引用百度百科的注释。

　　互惠，英文叫 Au pair，Au Pair 源自于法文"互助、互惠"的意思。在经历过第一次、第二次世界大战后，欧洲各国政府深感国与国、人民之间的交流互动，应该给予有效鼓励，以增加彼此间的相互了解，进而建立友谊，用沟通来解决问题，以互谅来平抑冲突，避免世界大战再度发生。因此 Au Pair 这个表达"互助、互惠"的用字，就这样广泛地被欧洲人民所发展运用了。Au Pair 之主要精神是在创造一个有利的环境，让各国的人民都能在负担很少的情形下，有机会到彼此的国家去体会不同的文化，学习不同的语言，并居住在异国自愿接待家庭里，由接待家庭提供免费的食宿，希望藉此深入的接触，来增进彼此人民间的了解与建立长久的友谊。

在序篇强调一下互惠，是想告诉大家，Au pair 只是一个出国开阔视野的途径，跟 Working holiday、Wwoof、Helpx、Couchsurfing 等异曲同工。它们都涉及"交换"，甲方和乙方建立一种互惠互利的关系，付出—收获。

关于互惠的意义，仁者见仁智者见智，这里不再过多阐述。

本书旨在分享故事、互惠攻略和成长感悟。如果你在迷茫，它会让你豁然开朗；如果你在追梦，它会带给你力量；如果你是过来人，它则是你的青春印记。

每个年少无知的我们，都会经历摸爬滚打，最终变得睿智儒雅。

第一章

北海以东
我是孤独的异乡人

50℃区间的童话之都，哥本哈根

出国前的每一天，我都是紧张、激动和兴奋的。丹麦一直是那个令我魂牵梦绕的国度，我觉得似乎只有生活在那里才会幸福。

我只有一天多的准备时间，匆忙地买了带给伯恩一家人的礼物，匆忙地买了一些个人用品，简单地收拾了几件衣物，便坐上了去北京的火车。

赶往北京机场的路上，我行李箱的一只轱辘不堪负重飞射到了几米开外，惹得那些乘凉的北京老大爷一阵哄笑。尴尬瞬间而降，并且伴随着我一直到达北京机场。

晚上十点，出发大厅内有很多外国乘客在办理手续，我手忙脚乱地办理了行李托运，拿了登机牌，仓促地吃了个晚饭和送我到机场的人说了再见，便等着登机。这是我第一次坐飞机，再加上英语有些差，内心的紧张不言而喻。还好，一路有中国人同行，我便没出再多的洋相。

浑浑噩噩间，就到了莫斯科中转站。邻座的中国男人下飞机时跟我搭讪，他说他不怎么懂英语让我帮忙找登机口，这样一下子激发了我的责任感，开始时的胆怯一扫而光，我像名勇士带着他穿梭在机场各个登机口。

候机的时候，我遇到了一对年轻夫妇，女方来自中国，男方则来自丹麦，他们带着儿子去中国旅行现要返丹。

"你为什么要去丹麦呢？"女人问我。

我想到了高中时我对丹麦的向往，便自豪地说："丹麦是世界上幸福指数最高的国家，我一直喜欢写作，想去安徒生的故乡看看。"

"等你去了就知道幸不幸福了。"女人讥笑道，脸上慢慢浮现一种奇怪的表情，接着用一种过来人的口吻继续问："那你去丹麦干什么？"

"互惠生。"我仍旧自豪地说。

"交流学生吗？"她好奇地问。

我摇摇头，接着说："是住家家教，平时照看小孩和教给他们汉语，偶尔帮忙承担些简单的家务。"

"那不就是保姆嘛。"她顺口说出。

"保姆不是 Nanny 吗？我们是 Au pair，这是一种年轻人体验生活交流文化的好方式。"我辩解道。

"是不是，等你去了就知道了。"她又是那样的表情。

我向往的那个国度在她眼中如此不堪，我觉得有些讶异。

"那你去哪儿啊？"她又问。

"霍尔特，Holte。"我微笑着说。

"哇，那是个好地方啊。"她的丹麦老公凑过来说，"那个区是富人聚集地，住在那里的一般都是有钱人。"

后来他便和女人聊起了霍尔特，我英语不是很好，便在一旁安静地玩手机。我在社交平台更新了一条心情——我在莫斯科等待转机。似乎只有这样的宣扬才能带给我一种满足感，可我又不清楚自己为什么要迫不及待地等着别人的肯定。

当飞机驶入丹麦的上空时，原本满身疲惫的我顿时来了精神。现在那个令我朝思暮想的国度就在眼前，在卫星地图上看到的丹麦景象变成真实的了，我却找不到一个适合的词语来形容自己的心情。

取了行李，我终于意识到自己到了一个完全陌生的地方，这里不再是中国。面对空白的未来，我开始无比忐忑。我会一眼认出妮娜·伯恩来吗？我英语不好，该怎样和她打招呼呢？我是不是应该微笑？

我深呼吸了一下，拎着箱子往外走，那里有很多接机的丹麦人手中举着牌子。我正环视着四周，突然听到有人喊我的英文名"Pamela！"定睛看去正是妮娜，几个月的时间，她的头发比之前视频上见到的长了很多，我有些局促，反而是她热情地给了我一个大大的拥抱。

森林里有座糖果屋

邮件中提到哥本哈根到霍尔特只有二十多分钟的车程。

坐在妮娜的车中，我一边回答她的问题一边快速浏览外面的美景，我从未见过这样漂亮的地方，沿途郁郁葱葱的森林，绿油油的草地，还有各种颜色的鲜花，干净的道路以及欧式的别墅，看起来甚是梦幻。我真的不是在做梦吗？

"这是你第一次坐飞机吗？"妮娜微笑着问我。

我说是的，她又笑着问："那累吗？"

"有点累，但更多的是兴奋。"我用自己有限的单词解释着此刻的感受。

妮娜把车停下说她还要赶回去工作，她母亲开车过来接我到家。老太太比妮娜更喜欢和我聊天，我磕磕绊绊地和老太太进行沟通。

不知多了多久，车子经过一片湖，湖面浮着几只天鹅，老太太指着岸边的房子说："只有特别有钱的人才有能力把房子建在湖边。"

我笑着点点头。

"伯恩家还得穿过一条小路。"她冲我一笑。

几分钟后，终于到了伯恩家。只有一条小路通往这栋两层别墅，别墅右侧是一片草坪，后面是一个小花园，周围是成片的森林，让我联想到了中国古代隐蔽于深山老林中的小屋。伯恩家装潢很华丽，偶像剧中的豪门家庭也不过如此吧，只是这里没有成群的仆人，也没有谨言慎行的老管家。

我的房间在二楼，一个稍微有些狭窄的小房间，与小孩的房间相邻。除了一张小床外，我的房间里还放着沙发，DVD 和电视，一个简易的衣橱，一张桌子。放下行李，我下楼和孩子们打招呼。

一条淡蓝色的长裙，一件白色的 T 恤和一双白色的板鞋，特意被我重新染回黑色的披肩长发，我就是以这样的形象从北京来到了哥本哈根，本以为这样看起来很文艺，可站在这个陌生的丹麦家庭时，我却觉得自己看起来傻极了。

因为是暑假，孩子们都在家休息，他们的表哥和表姐也在。我向他们自我介绍，他们好奇地问我问题，我憋脚的英语让我们沟通起来很费力，后来我们干脆放弃了聊天，一起到草坪上玩起了手球。

五六个小时长途客车和火车的颠簸，再加上十几个小时的飞机，让我稍微有些疲惫。可这个新鲜的世界有着很大的诱惑力，我想第一时间揭开它的美丽面纱。我和孩子们跑啊跑，我拼命呼吸着这里的新鲜空气。

妮娜和卡斯特下班后，我们互换了礼物。他们准备做晚餐，我主动去帮忙，妮娜却笑着说这是我第一天到她家，所以什么也不用我干。可我还是很不好意思，仍旧帮忙做些事情。他们家的厨房很大也很整洁，跟中国普通家庭里的厨房简直是天壤之别。

窗外的夕阳仍旧很高，余晖投在案板上，我看着做菜的伯恩夫妇走神。偶尔聊上几句，他们讲的是丹麦味的英语，我总是需要反应一会儿，或者干脆请他们再重复一遍。我讲着中国味的英语，他们也听不懂，总是很疑惑地看着我。

长长的餐桌，铺着白色花边的厚桌布。上面摆好餐垫，盘子和刀叉，还有高脚红酒杯。花瓶中插着几支百合，烛台上燃着几根白蜡烛。九个人围在一起吃着牛排、薯条和沙拉，四个大人轮流问我一些关于中国的问题，他们还聊起了中餐，我有些拘谨只想安静地进餐，却也得附和着说上一两句。

来丹麦后的第一顿晚餐似乎有些漫长，帮着收拾完厨房已经接近晚上九点。天依旧有些亮，疲劳铺天盖地般向我袭来，我道了晚安后便钻进了卧室。

躺在了那张小床上，我的大脑有些混沌却没了睡意。还不到一个下午的异国经历让我有些担忧，最大的障碍就是沟通。我下定决心一定要尽快适应这样的语言环境。

妮娜说明天起让她母亲教我去做些事情以便快速熟悉我的工作，她说我明天可以晚起，以后就要早上七点以前到厨房帮她给小孩准备早餐和午餐盒，因为她每天七点左右去上班。

我开始琢磨我到底是以怎样的身份在这个家庭生活的？是家庭教师吗？是家庭的成员吗？我能像孩子一样把伯恩夫妇当成我体验丹麦生活中的"父母"吗？

所有的馈赠，都有代价

兴许是环境骤变的缘故，我在丹麦的第一晚睡得并不好，还未等到闹钟响，我便起床了。透过小窗子，我望向远处的森林和房屋，心情还算好。我觉得能在这样好的环境中生活上一年多，真的是幸运极了。

我洗漱完毕之后，楼上仍旧静悄悄的，我便蹑手蹑脚地下了楼。伯恩夫妇在准备早餐，妮娜边冲咖啡边对我说等她上班后，让我帮忙给小孩准备一下早餐，然后喊他们起床。我欣然答应了，脑海中想象着该怎样做。没几分钟，他们便匆匆去上班了。

妮娜的母亲下楼准备吃早餐，她教我如何给小女孩做她最喜欢吃的燕麦粥，还有如何给小孩切面包，以及把他们每天早上要吃的药准备好，摆好餐具等。把一切都做好的时候，没等我去叫他们，孩子们便自己下来吃早餐了，他们说说笑笑，厨房一下子热闹起来。

我也坐在一旁略微吃了点东西。第一天的早餐是面包和果汁，我稍微有些不习惯，还是觉得国内的早餐好。

小孩要去上手球课，所以吃完早餐，我便帮他们准备好运动包，和妮娜的父母一起把他们送去学校，然后我再返回家中。

妮娜的母亲留在家中教我做各种家务，例如吸尘、洗地、洗刷卫生间、脏衣服分类机洗、晾晒衣物和折叠衣物、熨衣服、整理房间、清理洗碗机……

　　这些琐碎繁重的家务像几座大山一样压在我的身上，想到我未来的日子终日要和家务打交道，我内心实在委屈至极。我不是来做家庭教师的吗？不是说会像一家人般生活在一起，然后体验这边的生活的吗？Au pair 不是要进行文化交流，是文化大使者吗？头脑中冒出很多个疑问，为什么跟我想象的不一样呢？我仿若一下子从云端摔到了地狱。我问了自己无数遍，接下来该怎么办？

　　除了睡眠不好以外，我的心理压力也很大。面对我讨厌的家务活我不能说 No，我还得对着周围的每个人微笑。我想做到最好，也尽最大努力希望做到最好，但还是缺乏信心。在中国我是一个很独立的女生，能把自己的家收拾得很好，可是把我放到丹麦，面对这么大的房子，我感到束手无策，心情也变得很差。

　　往后的几天，会时不时听到伯恩一家人讲到他们家之前的互惠生，她们都是菲律宾人，提及最后一个女生时，他们似乎有些不高兴。菲律宾人的家政服务是出了名的优秀，我也终于知道丹麦人找互惠生的最主要原因了，看来要求颇多的富裕丹麦家庭找中国女生实在是太不明智了——中国女生做家务与菲律宾女生做家务相比，完败。

　　回想在机场遇到的那名中国女人，想到她说的话和她说话的语气，我还是无法接受。我相信并不是所有的丹麦人都仅仅是需要一个高级工具而已。

　　我找不到合适的方式来宣泄自己内心的不满，便发挥了一下自己的"愤青"精神，在空间日志中把中介暗喻成吸血鬼，同时也写下很多偏激的话。后来还被中介说我对他们进行污蔑，如果不删除日志就会起诉我。

　　无论在哪里生活，我们都不得不和周围的人斗智斗勇，如果有谁像我一样粗线条，就等着被人引诱着跳火坑吧。

我在霍尔特的秋风里，四处流浪

　　三天过后，我的烦躁点终于到达一个最大值。老太太再指挥我做家务时，如果不在合同约定的工作时间里，我就对她说我想出去散散步，老太太有些不高兴，但还是同意了。

　　我踏出他们家大门的那一刻，感觉身体终于有了一丝放松。

　　徜徉在小路上，有小湖，有大片的芦苇，也有成片的花。八月份的霍尔特没有毒辣的太阳，凉风吹在脸上，让人觉得很清爽。我压抑的心情得到片刻的释放。

　　我沿着蜿蜒的小路一直走一直走，就走到了小镇上。

　　在十字路口，遇到几名骑着单车的帅哥向我问路，我有些害羞，支吾了半天才说我不知道，帅哥笑着耸耸肩又骑着自行车走了。等他们走远之后，我才发觉自己其实很紧张，但想着未来的异国生活还会接触到更多的陌生人，也就见怪不怪啦。

　　小镇上的马路宽阔了很多。我沿着将近两米高的冬青围墙走啊走，路上看不到几名行人，偶有车辆驶过，我停下来看红绿灯安静地交替，心想，北欧果真如外界传说的那样安详宁静啊。

　　无意间看到马路旁连接着一条隐匿于冬青墙中的台阶路，我提着裙子缓缓走过去，有白花擦过我的头顶，有蜜蜂从我眼前飞过再落在花蕊上，这样美好的季节让我有丝伤感，我忽地想到了老家的春天，摘了朵花别在耳际，继续向前走。

再走几步，便是一个被绿树围起来的小湖。那些垂到湖水中的树干让我想到了读书时课本中描写过的榕树。湖水中长满水草，所以呈绿色，不时有小鱼游过，激起圈圈涟漪。湿嗒嗒的岸边放着一把长木椅，我坐在上面望着湖对面的那排房子发呆。

暂且称这一个小时为放空吧。

初到异乡的不适被抛到了脑后，讨厌的工作也被我抛到了脑后，思绪飘了很远很远。

直到感觉到一丝凉意，我才起身离去。静静地看着映在台阶上的自己的影子，我突然想到这样一段话——

　　　　你知道，这世界如此寂寞。没有按下的发送键，季风的转向，云雨的流动和鸟的迁徙。以及，没有对你说出口的再见……终于，在那个清晨，我踏上旅途，去广阔天地，寻找一棵开满花的树。

那我现在是一名追梦人了么？

晚上躺在床上，我努力回想着白天的心情，轻松的，安静的，寂寞的，空白的，甚至失真的。

做一个去超市购物不看价格的人

在妮娜问了我好几次要不要买一些中国调料或者中国锅后，终于在周六她带我去了哥本哈根的一家中国超市，可惜闭店。站在橱窗外面，我望了几眼，看着那些熟悉的锅碗瓢盆，心里一阵暖。以前不懂什么叫思乡，才出来这么几天，便对这种情感感同身受了。

考虑到我以后会跟伯恩家一起生活十八个月，妮娜便去书店给我买了两本厚厚的英丹互译的大字典和几本哥本哈根旅行使用手册，我一看便爱不释手，内心还计划着如何游一游丹麦。第一次在人潮涌动的异国城市逛超市，感觉手脚放哪儿都不舒服，只好寸步不离妮娜。

驱车返回小镇时，因小孩子要买运动鞋，车子便在一家超市前停下。

第一次进丹麦的超市，我这种关于物价还停留在大学附近的小摊位水平的人，着实被各种商品的标价吓了一跳。一双很普通的人字拖，学校附近的夜市也就十几块，到了这里却是一百丹麦克朗。衣服动辄上千元。每月三千丹麦克朗的收入似乎只是丹麦人买一两件衣服的钱，我还要还借贷，这样的生活想来便是凄惨。

还好，知足者常乐。用有价的金钱交换来的是无价的经历，倒也是一件超级划算的事。

妮娜购物时似乎不看标价，动作干脆利落，颇有几分中国富人的感觉。

这种对丹麦物价的恐惧感持续了一段时间后终于瓦解，因为后来我已对丹麦的超市略有了解。比如说妮娜第一次带我去的超市叫 Irma，据说是全丹麦最贵的连锁超市。而丹麦人经常去的超市叫 Netto，那是一家比较平民的连锁超市，价格相对来说便宜不少。丹麦的 Tiger 连锁更是很接地气，它让我觉得丹麦并不是那么一座高傲得只能用来仰视的国度。正是它的平易近人无形中拉进了我们之间的距离，那种孤独感也不翼而飞。当然这些都是后话。

且言归正传，虽说才在丹麦待了一两天，我还是发现丹麦人挺溺爱小孩的。以前道听途说他们对子女严格，但接触了丹麦的家庭，才发现并非如此。

欧美的小孩之所以比国内小孩更独立，是因为他们从小接触的社会环境都比国内先进发达很多，生活经历也多很多。对他们来说普通的不能再普通的苹果系列产品，对国内很多人来讲可能就是奢侈品；他们平时用的洗碗机、烘焙箱等一系列家用产品，对国内很多人来讲可能摸都没摸过；他们每年被父母带着到处旅行的时候，国内很多人可能在读各种补习班。不是有那么一句话么——国内的奢侈运动高尔夫，在国外只是很普通的运动，普通到只要你愿意，随时都可以约好友打几场。

听说你们中国人爱吃狗肉

"听说你们中国人爱吃狗肉？"

"只有一小部分人吃。"

"那你会做狗肉吗？"

"我不会，我也不吃狗肉。"

这是伯恩夫妇满脸期待地跟我进行的一番对话，我其实感到很奇怪。看来中国人吃狗肉已全世界皆知。可据说欧美人士一直都反对吃狗肉的啊，眼前的俩人却有些反常，似乎对狗肉垂涎三尺。不过这个话题，我并未放在心上，狗肉与我何干？

第二天早晨，伯恩太太上班前就告诉我她下午 6：00 下班到家，希望我能做一顿中餐。虽说有做菜的准备，但没想到这么快就要上阵，趁空闲时间我急忙上网搜了一些家常菜的做法。

宫保鸡丁、鱼香肉丝、西红柿炒鸡蛋、咖喱土豆和葱爆牛肉，配上煲好的米饭。晚餐准备完毕，我稍感疲劳，从未一个人从洗切炒一气呵成做这么多菜。现学现卖，但卖相看起来还不错，味道嘛，符合我自己的口味。

除了伯恩一家人，妮娜的父母、卡斯特的父母也来了，看来中餐的魅力不小。众人笑呵呵地拿着餐具去花园的露天餐桌摆好，谈笑间，我便把菜端上桌。

花园里没几朵花，略显空荡，记得卡斯特修剪草坪的时候说过他们工作很忙，无暇打理花园，连那仅有的一株小花也是他父亲种上的。他们夫妇俩都在丹麦银行工作，高薪工作的代价便是减少享受生活的情调。我如是想，未来未必要有一所大房子，未必要富可敌国，可以安然享受生活才是最美好的。

餐前，又是一阵轮流提问，我磕巴地回答着。这让我想到了中国过年时的七大姑八大婆，只不过问的问题不同而已。我有一种感觉，与丹麦人进餐要小口吞咽，随时准备着交谈，似乎不聊一阵子，就意味着心情不好。在国内进餐，我不喜聊天，也可以说进餐时我一般选择沉默。专心致志享受盘中美食才是餐桌礼仪，何以分心去闲聊？促膝长谈应该是属于下午茶的时光。

还好眼前的中餐终于成功地让他们消停下来。有那么一小段的时间，我甚是享受这样的安静。些许余晖洒落在餐桌上，盘中的美食显得熠熠生辉。大家都在细细品尝，风吹来时，树叶还会摇曳，多美好呐。

只是没想到，中餐如此受欢迎，不一会儿都见了盘底。卡斯特的父亲还端起西红柿炒鸡蛋的盘子舔了舔残留的汤汁。我觉得一切都太不可思议了，当然里面还掺杂着那么一丝小小的骄傲，回头就可以在朋友圈内吹牛——我当年做的菜都好吃到让老外舔盘子的地步了。

吃饱喝足，又是一阵闲聊。他们聊些什么，我不是很感兴趣，也不想参与其中。我默默地收拾餐桌，把餐具扔到洗碗机，收拾好厨房，第一时间冲进自己的卧室。

猛地躺在床上，感觉浑身的骨头都散架了。除了累，工作似乎还都能应付得来。卸下一天的面具，只有在这样的小空间内，才是最真实的自己。我不爱笑，出于礼貌却笑了一天。

翌日，妮娜又提到狗肉，我表示不会做。没料到这次下班的时候她直接买回一块狗肉放到冰箱，指定让我烹饪，还说这是肉狗，她找了好几家超市才买到的。这可真难倒我了。无论从心理上还是生理上，我都很排斥狗肉。如此情况下，我只好把土豆和狗肉都切成块放在一起炖，就像炖土豆鸡块那样。结果就是，他们满怀期待地吃了几口狗肉便再没动过这道菜。为了避免尴尬，我象征性地吃了一口，趁他们不注意吐了出来。

之后再没听到他们谈论狗肉，也再没让我烹饪过狗肉。

这世界，比我想象的还要温暖一点点

有一天，孩子们围着桌子在商量些什么，我站在一旁观望。一会儿，他们便问我要不要跟他们一起去看电影，我点了点头。

要知道我来到这个小镇几天，还从未真正地逛一逛。没有认识的人，没有可以一起逛街的姐妹淘，没有可以聊八卦的朋友，想着可以与小孩增进一些感情，便不想错过这次外出的机会。

孩子们轻车熟路地走在前面，我走迷宫般随后，不断和帕垂克（妮娜的儿子）一起踢路上的石子。看着他们玩闹，我也很开心，也一直笑啊笑。快乐应该是会传染的，后来我笑得都合不上嘴了，我如此快乐，就像一只正在扑棱翅膀的鸟，凝视着蓝天，随时都可以飞起来。

从森林里走过一条台阶路，就是小镇上的马路。不远处还有一家坐落在树林中的小咖啡馆，一块黑板上用彩色的粉笔写着打折信息，一张圆桌两把藤椅，桌上的咖啡壶里香气袅袅，一些吊在旁边栏杆上的花五颜六色，依靠在栏杆上的女老板正在凝望，一切看起来像极了油画中的场景。曾几何时，我也幻想过开这样一家小咖啡馆，优哉游哉地过着每一天。

小电影院内约坐了一半的人，我坐在一群丹麦人中，略显异类。

习惯了抬头低头都是中国人的环境,丹麦的生活还需适应一段时间。

电影是《鼠来宝2:明星俱乐部》,丹麦语版。不要问我看懂没,你说呢?我尽量盯着荧幕看,听不懂台词,单看画面,也会笑。幼儿看动画片的感觉便是如此吧。

电影结束后,几名小孩还在激烈地讨论着。很久之后,我才在网上又重新看了一遍英中文字幕版的。

我们来到一家餐馆吃午餐。一张桌前聚满了人,嘴里念念有词,他们似乎在唱经。

我看不懂菜谱上的丹麦文,随便点了一份看起来像饺子的食物,里面有奶酪和鸡肉,吃起来味道不错。后来我知道这个就是丹麦的Pasta。我手中的刀叉不是那么听使唤,不停地撞击盘子,盘中的食物也被我弄得一团糟。我不禁一阵脸红,越努力想表现得优雅些反而越来越糟糕。维姬娅(妮娜的女儿)犀利的眼神让我愈发地窘迫。吃个西餐洋相百出,这下丢人丢到国外了。

此后的几天,我觉得我和小女孩之间很难亲近起来了。由此联想到全丹麦的女孩、女人,在这个国家,女性们的眼神似乎天生就是犀利的,像把刀子一样能穿透你的心脏。

看到丹麦的男人做起家务来得心应手的样子,我惊讶了很久。丹麦的女人看起来都像女王,气势威严,颇有地位。就算我看到的只是表面现象,也很欣赏丹麦女人们的气质。

在我的观念中,男女真正的平等,是真正的互相尊重。毫无疑问,在丹麦做家务活、照看小孩已经不再是专属于女人的事,男人同样擅长。

小孩的暑假就快要结束了,妮娜预订了哥本哈根动物园的门票,让我和小孩的表哥麦克斯一起带孩子们去玩。对我来说,又是出去放风的好机会。

在动物园里转悠了一段时间后，途经一小亭子，亭内木桩上有些关于猴子的雕塑。麦克斯突然指着一只捶胸顿足的猴子雕塑满脸认真地说："嗨，这是帕垂克！"

我"噗嗤"一笑，帕垂克似乎没听到这句话，回头看了我们一眼。哈哈，我强忍着想大笑几分钟的冲动，差点憋到内伤。结果，一路上，我脑海中总是回荡着这句话，嘴角也一直挂着笑意。

甚至几个月后，乃至现在想到这句话，我都觉得很好笑。明明是很普通的一句玩笑话，却深深地刻在了我的脑海中。

走得有点累的我们坐在长椅上休息，维姬娅突然很着急地说："我手机丢了！应该是落在猴子区了。"

她手机是新款的苹果手机，这丢了还能找回来吗？我心里这样想着，便跟着他们跑回猴子区。我们待过的地方没有手机的影子，问了一些游客，他们都说没看到。接着我们把其他区也找遍了，仍旧没找到。

见我们跑来跑去，有热心的游客告诉我们，要是丢了东西可以去售票厅问问。

当我们再次来到售票厅时，维姬娅一眼就看到了放在桌子上的手机，她便兴奋地说："我手机丢了，我想那部应该是我的。"

"请说几个你手机电话簿中的名字。"工作人员翻看着她的手机。

维姬娅随口说出好几个，工作人员便微笑着把手机递给她了。拿着失而复得的手机，她不停地说："我太幸运了！我太幸运了！"

这在我以往的经验中，找回手机的几率应该很小。这件事让我对丹麦人的素质好感倍增。

等车的空当，天下起了大雨，我被淋成落汤鸡，却浑身轻松。这是很值得写进日记里的一天。

成长，就是不断地自我挣扎

　　维姬娅和帕垂克开学了，妮娜说要让我送小孩去上学。怕我出乱子，他们的表哥麦克斯回来协助我，这倒是一件极好的事。

　　第一天，有些尴尬。小孩走在前面，我帮忙拎着书包走在后面。可能没有亲属关系的缘故，我做不到让自己看起来自然无比的样子。一路上遇到不少的小学生，他们身旁都没 Au pair，我也感到他们打量我的目光，一时觉得自己就是"小姐"与"小少爷"的大跟班的，再联想到中国古代的奶妈，内心竟羞愧了很久。我怎么可以做这样的工作呢？可这样做又有什么丢人的呢？自尊心在作祟罢了。

　　麦克斯和小孩一路互动，一会儿扛起帕垂克，一会儿又背起他，一会儿还摸一摸维姬娅的头，三人看起来快乐无比。我告诉自己，以后也这样做，一定要热情些，再热情些，一定要突破自己。

　　因为这件事，我反思了很久。我是不是一个很虚伪的人呢？是不是一个超级爱面子的人呢？是不是一个放不下身段的人呢？是不是一个不敢面对流言蜚语的人呢？这些是多么可怕的问题啊，我决定要做一名有担当、负责任的人。即便一开始我不知道 Au pair 的性质，可我现在知道了，我就得去正视它，并且客观地去体验它。

巧克力是饥饿少女的魔鬼

初到异国，除了失眠这个毛病跟着我外，并未出现食欲骤减的情况。相反，我总是有种饥饿感。那种感觉一来，偶尔还会觉得浑身无力。

这种刚吃饱离开餐桌没几分钟又觉得非常饿的感觉，让我不知所措。这要是在家里，我肯定会翻冰箱，要不就自己去超市买零食吃。可现在是在一个陌生人家里啊，我摸着饥肠辘辘的肚子，盯着他们家的冰箱告诫自己：要忍，忍，忍。

某天晚上坐在沙发上看电视，麦克斯拿出巧克力问我吃不吃，我有些不好意思便没吃。电影进行了三分之二，卡斯特说要去健身室健身，麦克斯也跟着去了。沙发上只留下我一个人，我突然觉得有些无聊，想起身去睡觉，突然那种可怕的饥饿感再次来袭，我忍不住拿了块巧克力放到嘴里，才感觉好多了。没想到麦克斯突然重返客厅，这让我尴尬不已。

这是我初到丹麦后发生的第二件糗事。

思来想去，我觉得造成这种饥饿感的原因有两种——丹麦的食物油水太少和我自己的胃不太好。

熟悉这座城市，从爱上公交车开始

向卡斯特预支了 300 克朗，准备去办一张银行卡，顺便体验一下丹麦的公交车什么感觉。有人说想要快速熟悉一座城，就坐当地的公交车转一圈，看沿途的风景，看路上的行人，你就能感受到这里的生活气息。

坐 195 路公车，我给司机 100 克朗，他找给我一堆硬币。这是我第一次使用丹麦的货币，我坐在座位上数了很久，才算出车票是 24 克朗。

丹麦的公车跟国内的简直天壤之别，上面没有各种烦人的广告，没有拥挤的人群，每个座位旁的扶手上都有一个 Stop 的按钮，下车前乘客按下按钮，到站后司机就会主动停下，若是没人按按钮，站牌处也没等车的人，公交车一般不停。一切都挺人性化的。

我赶到镇中心时已将近下午五点，得知丹麦的银行下午四点关门，只好返回。

天空飘起了毛毛细雨，我正准备上车，一旁抽烟的丹麦男人提醒我的车票掉了，我说了谢谢急忙捡起来，之后我看到有人拿着同样的票给司机看一眼就能上车，于是我也拿着车票问黑人司机：yes? 他笑着回答：yes! 我怀疑地问：Can I use this ticket（我可以用这张票吗）？他点了点头，于是我吐了一下舌头问道：How many times I can use this ticket（我可以用多少次）？司机回答：One hour（一小时）。我不知道什么意思，疑惑地坐在位子上。

当然后来我知道了，丹麦的公车甚至地铁和火车，都是按时间算钱的。比如两个区内的车票，一小时内可以在区内坐无限次车。

窗外的美景飞逝，我看得有些入迷，当我意识到自己坐过站时并没有着急，反而任由公交车行驶。公交车一直出了小镇，不知道驶向哪里。视野一下子宽阔起来，除了一路上绿油油的森林，一眼望去还有大片大片的蒲苇，有点像要收割的小麦，金灿灿的。途经一大片的高尔夫场，成群的人在上面打球，好不热闹。太阳正在落山，万物的色彩线条都变得柔和了许多。我在内心祈祷公交车就这样一直行驶下去吧。

最后，空荡荡的车子驶进一处公寓，内心估摸着这里离我住的地方很远了，怕天黑之前赶不回去令妮娜一家人担心。我拿着地图对司机说我要去这里，请司机指点迷津。这里的司机可真好，也不着急开车，也不怕误点，他看着地图不知道是哪里，便翻看一本公交线路图，然后告诉我在这一站下车去对面站牌坐 195 路，如果不知道在哪里下车要记得问 195 路的司机。折腾了约五分钟，直到我弄明白下了车，公交车才飞快地驶去。

等车时遇到一丹麦的老太太，我便问她："Can I use this ticket?"她一直冲着我笑叽里咕噜地说了一堆丹麦语，后来我听到俩词：only Danish。我明白了，她只说丹麦语。即便如此，她仍不停地用丹麦语跟我聊天，我不断用英语回应，聊着聊着，我俩都笑了。反正，到最后我俩谁也没懂彼此在说些什么。

车窗外依旧是飞逝的美景，几头棕色的牛在草地上啃草，周围是紫色的花儿，真有一种下车摘几朵戴在牛耳朵上的冲动。

谁没有当过一个窘迫的木头桩

　　为了早点融入妮娜的家庭，当他们告诉我晚饭之后他们有一家人聚在一起看电影的习惯，然后问我愿不愿意加入时，我十分乐意地答应了。

　　第一晚，我从楼上下来的时候，大家已经围坐在沙发上了。

　　麦克斯拿着遥控器，不知道看哪部好，选来选去，最后随便选了一部悬疑推理的电影。这时，妮娜起身说她要哄小孩入睡了，客厅便剩下了我、麦克斯和卡斯特。

　　客厅的灯暗了下来，电影中诡异的音乐响起，氛围营造得不错。我英语水平有限，一直没搞清楚这部电影叫什么，也一直听不懂各种台词，总之我是抱着练习英语的心态来看的。

　　几分钟后麦克斯跑去游戏室玩电玩了，客厅只剩下我和卡斯特。

　　电影的前三分之一的内容还算正常，之后就开始出现一些少儿不宜的画面，比如涉及侦破妓女被杀案的一些情节让我不敢直视，有种起身上楼的冲动。估计卡斯特也没想到电影中适合打马赛克的镜头过多，我觉得他此刻也有些许尴尬。

　　我已没心情看电影，只好假装盯着屏幕，开始思考别的问题。我脑海中一直有个声音说：据说外国人都蛮开放的，这种情况应属正常的吧，我要是立即起身上楼是不是显得太不入乡随俗了？可坐着看下去吧，我实在尴尬。我一直在想，作为一名东方人，我该怎样来面对这样的问题。

又偷看了几眼卡斯特，内心祈祷他先说——噢，这真是一部无聊的电影，不看了，我去睡觉了。结果是他什么也没说。

我就这样如坐针毡地坐着，直到电影结束的那一刻。

"这部电影可真长啊！"这是卡斯特的结束语，我当然知道他的弦外音，我们都能为了避免尴尬而假装镇定地看完一部史无前例无聊的电影，绝对是英雄豪杰。

我感同身受地拼命点头，便道了晚安回卧室了。回到卧室才长长舒了口气，从未觉得看场电影像是在受刑。

征服我，一颗糖就够了

在妮娜家的头一个星期，有一件事很值得分享。

第一次送帕垂克和维姬娅去体育馆上手球课的时候，有一名小男孩对我很好奇的样子，总是瞅着我看，我便冲着他笑了笑。他鼓足勇气走向我，然后冲我晃了晃他手中的糖果盒，里面传来"哗哗"的撞击声。见我没明白他动作的含义，他又用丹麦语问了我一个问题，我没听懂便冲他摇摇头说我只会说英语，小孩有些失落，我急着带帕垂克和维姬娅回家，便没过多地和他交谈。

第二次，相同的时间，相同的地点，我们又相遇了。这次他直接跑到我面前，伸出手中的糖果盒用英语问：你吃糖吗？我一愣，原来他想跟我分享他的糖，继而一笑，快乐地说：好啊。他便小心翼翼地往我手中倒了几粒糖，看着我放到嘴里，他才满意地笑了。嗯，薄荷味的，给我一种浑身清爽的感觉。

看得出他挺喜欢我这名外国人的，但是他不知道怎样表达他的喜欢，而每次我们又只有短短几分钟的碰面，没有多余的时间聊天，他就急着跟我分享他的糖。这种被人喜欢的感觉如此奇妙，我有些感动。我一直很喜欢小孩，因为他们的世界永远都是这样纯真，他们的喜怒哀乐会写在脸上。只有成人才会把各种表情藏在内心，然后憋出内伤。

　　我一直想问一下小男孩叫什么名字，再往后的几次却再没见过面。后来才知道，各班级的上课时间表调整了。

　　最后一次接维姬娅和帕垂克回家时遇到了正要来上体育课的他，我们笑着打了声招呼，我拿起手中的相机给他拍了张照留作纪念。这也是我最后一次见这名小男孩。

　　这样我的脑海中又有了一段陌生人带给我的美好回忆。

对不起，我们要解雇你

我在伯恩家将近一周的时间里，自我感觉良好。因为我尽了自己最大的努力做好每一件事，看着他们的笑脸我也觉得开心。

可事情的发展如同此时丹麦的天气，说变就变。本是晴朗的天忽而下起一片雨。

第五天傍晚，晚餐过后，我正坐在电脑前跟一名比我早一个月来到丹麦做 Au pair 的女生琳达聊天，琳达和我是经过同一家中介出来的，她的 Au pair 家庭地址在丹麦的一处偏僻乡下。在她的指导下，我一边申请免费的手机卡一边畅想未来的生活，比如我应该怎样做到更好，怎样学好丹麦语，怎样体验这边的生活……

门口的敲门声打断了我的畅想，卡斯特满面悲怆地对我说："帕姆，我要告诉你一个不幸的消息，希望你能理解。"

"嗯。"我点点头。

"我们要解雇你了。"他说完观察我的脸色，几秒后解释道，"我们希望能找一名口语流畅的 Au pair，你的英语不错，但仅限于写作方面，我们不可能终日靠邮件沟通。"

这条消息无异于晴天霹雳，我久久才回过神来。天，这是真的吗？我艰难地点了点头，拼命克制自己的情绪，声音颤抖着说：

"好。"

"不过你放心，你要是回国的话，我们会承担你的机票，你待在这儿的几天我们会双倍付给你钱。"他补充道。

"好，谢谢。"这样的补偿条件，实在无可挑剔。

"你还好吗？你真的理解我的意思吗？"他担心地问，"如果你有什么需要帮忙的也可以来找我和妮娜，毕竟是我们迫不及待地邀请万里之外的你来丹麦的，对这样的结果，我们也感到很抱歉。"

"我理解。"眼泪开始在眼中打转，我内心在说求你别说了，再说下去我怕自己放声大哭啊，在一个时差还未倒过来，还未熟悉周围环境的时刻接受这样的结果，我已经懵了。如果就这样回国，那这几天的丹麦生活就成了一场黄粱美梦呐。

深呼吸，深呼吸，努力把眼泪压下去，我哽咽着说："卡斯特，我不想就这样回国，能不能帮我联系另外一名家庭？"

"好，如果你愿意的话。"卡斯特见状也松了口气，估计刚才的气氛太沉重了。

我挤出一抹笑容，由衷地说："谢谢。"

他下了楼，我猛地瘫坐在地上，开始四处向网上认识的在丹麦做 Au pair 的人求助。未果。我开始焦虑，整晚都忧心忡忡。

如果这样回国，我该怎样面对父母啊？他们一直以为我来丹麦做家教，并以这种方式换取读书的机会。怀揣着梦想来到丹麦，发现被中介忽悠了，刚调整好心态准备挑战命运，却又受到致命一击。我开始计划着悄悄回国，去南方的某座发达的城市找份工作，一点一点还贷款。

好在故事从来峰回路转

Au pair 被解雇，还有权利继续住在旧家庭两周的时间。若这期间，我找不到合适的家庭，那意味着我必须买机票回国了。

我们坐在客厅的沙发上，光线很好，一切都亮堂堂的。经过一个夜晚的调整，我已经能很平静地面对眼前的这个问题了。

"你想找哪儿的新家庭呢？你朋友那边的么？"妮娜微笑着问我，她的笑容从始至终都让我觉得很温暖，让我觉得自己遇到的是善人。

琳达住的地方离我这儿实在是太远，她建议我继续留在哥本哈根地区，这样才能体验真正的丹麦生活。我把我的想法如实告诉妮娜，她开始根据我的情况在一家中介网站上帮我找对英语要求不高的家庭。

有一家同样住在 Holte 的家庭在找 Au pair，不过他们指定要菲律宾 Au pair。上面的照片是一家四口，爸爸妈妈和一对双胞胎儿子，看起来幸福温馨的样子。妮娜家的小女孩凑过来一看，她说她认识这对双胞胎，他们是她的幼儿园同学。接着妮娜开始登录学校网站帮我查到了这个家庭的联系方式。

妮娜说这对双胞胎应该刚接触英语，所以对英语的要求不是很高，她建议我联系这个家庭试试。我用手机发了条短信，很快就得到了回复。经过简短的沟通，我们约好再面谈一下。

卡尔在一个下午开车来接我时，我觉得他比照片上看起来年轻不少。第一眼便能感觉到眼前的这个人很注重礼仪，应该是超级注意细节的人，从他干净整齐的着装便可以判断出。他一米九左右，偏瘦，看起来蛮精神的。离近能闻到淡淡的香水味，在这里似乎无论男女都习惯往身上喷香水，我对香水味却不感冒。我喜欢清新自然的味道。

开车去他家的路上，我有些紧张，又有些期许。他家离妮娜家不远，就在小学附近，只不过对我这名刚踏入这片土地的异国人来讲，并不了解这些。

先是去别人家接双胞胎，亚历山大和克里斯汀。他俩正在和同学一起开心地玩蹦蹦床。卡尔把我介绍给他们，双胞胎有些害羞，为了表示我对他们的喜欢，我走过去抱了一下他俩，他们似乎更害羞了。

小孩子们不会说英语，我不会说丹麦语，一路上无任何沟通。

去往卡尔家的路似乎更漂亮些，车子拐了几个弯后，视野便被一片黄花占满，接着便是一片红瓦平房。看起来静幽幽的，小路的尽头就是披满草的山丘，山丘是森林的入口。

参观了一下他家的房间，与妮娜家的两层豪华别墅不同，我喜欢这种平房，除了更接地气以外，更有一种家的温馨。空荡荡的房子会让人觉得孤寂。

他家的老狗 Lucky 嗅来嗅去，甚是恪守职责。Lucky 是一只黑白相间的边境牧羊犬，虽然老了，可爱依旧。作为一名爱狗人士，我第一眼就喜欢上了这里。温馨的房子，可爱的宠物，我幻想将来的住所应该也会这样。

　　坐在院子里的藤椅上，倒了杯水，我们开始了沟通。问题无非是为什么我来丹麦啦，丹麦有什么好的啦，彼此的家庭状况以及妮娜家为什么要解雇我等等。令人意外的是，我能听清卡尔的每个问题，而且我也能顺畅地回答他的问题。他说我的英语虽没那么好但也不至于特别差，这句话深深地鼓励了我。

　　卡尔说他老婆安妮正在出差，等她回来的时候他们沟通一下再做最终的决定。

　　几天后，我和安妮又进行了一场面谈。她给我的感觉就像一名职场强人，我立即有了一种面对上级时的压迫感。这魄力，这气场，是我这种小女生不可比拟的。如果说庙里的佛像是神圣庄严的，那么她便是佛像，明明那么近却又感觉离得那么远。

　　不管怎样，我算是面试成功了。

　　我内心紧绷着的弦总算松了，喜悦之情更是溢于言表。

第二章

世界以痛吻我
要我报之以歌

你到过一个陌生又似曾相识的地方吗？

　　卡尔家总共有三间卧房，大人一间，小孩每人一间，所以，他们只好腾出花园里那栋用来放杂物的小木屋作为我的卧室。这样我的房间与他们隔了一段距离，彼此都有自己的隐私空间，我觉得蛮好。若真的是朝夕相处，低头不见抬头见，难免局促。

　　有宠物的好处便是晚餐过后有了散步的理由。看得出他们一家人很喜欢 Lucky，据说 Lucky 已经 12 岁了，狗狗的寿命一般很短，活到这个岁数也实属不易。

　　Lucky 真的老了，腿脚不利索，走路不能走很远。卡尔说以前带它去散步的地方它都没办法走过去，只好开车带它去，然后慢慢悠悠溜达一会儿再开车回去。

　　有一次他说若是再等 Lucky 老些，他会为它买一辆婴儿车，每天推着它去森林里散步。这句话很让我感动，我想对他来说，Lucky 不仅仅是一条狗，而是意味着朋友和家人。

　　那天晚饭过后，卡尔和我又一起带着 Lucky 去散步了。我们开车去了一个很美丽的地方，有湖，有大片的蒲苇，有森林，有一宽敞的方形房子临湖而立。湖里有俩人在划船，还有俩人在划艇。快艇划过时激起水花无数，待游艇驶远，湖面荡起的波纹才会平静下来。我踏上木桥，迎着风，紧了紧衣服，吸了吸鼻子，环视四周，很安静，偶有鱼儿跳跃着发出阵阵声响。我和卡尔有一搭没一搭地聊着天，Lucky 则兴奋地在桥上跑来跑去。我想象将来我和我的家人也这样遛狗，这样的生活让人觉得美好得不像话。

回家的路上，卡尔的车里放着"I am sailing"，我看着沿途的风景，片刻间整个人的所有神经像是不存在了，已没了任何感官。也有了那么瞬间的恍惚，仿若我已经在这片土地生活了很久，久到不知道要从哪里追溯起。我对他说我喜欢这首歌，他笑着说这是一首老歌，至少二十五年前的歌了，接着把音乐声调大了一些，那种感觉越来越强烈。天色渐晚，宽阔的马路上偶有几辆车驶过，这里一直都是静静的。

你有没有那么一种感觉叫似曾相识？对，如果用这个词来形容我的感受就再恰当不过了。还有很多类似的场景。

有　天下着小雨，我撑着把伞，卡尔戴了一顶牛仔帽，我们带着 Lucky 走了很久很久。第一次在雨中走在这条开满黄花的小路上，心情除了舒畅还是舒畅。小路的拐弯处是森林还有草地，一只比 Lucky 年轻点的苏格兰牧羊犬经常卧在那棵粗壮的榛子树下，远远地注视着我们。继续走，会看见几只牛在甩着尾巴吃草。卡尔说有时候这些牛会尝试和 Lucky 说话。我想丹麦的童话是不是这样来的呢？

暮色中，路两旁的路灯亮了起来，安静的路上，只有两人一狗在慢慢行走。雨雾中冒着零星昏暗的灯光，让这座处在森林中的小镇显得愈发静谧。

愿世上所有的孤单，都有温暖相伴

小木屋经过装饰，看起来别有一番风情。

床前的小木桌上放着小花瓶，里面插着他们新剪的月季花。小书架内放着几本书。书桌临窗，窗前爬满了绿色藤蔓，让屋内清爽无比。推开门便是是花园，粉色的小月季花开得正旺。草坪上有一架秋千，周围种满了树。偶尔会看到小松鼠在树上跳来跳去。

这样的环境要多惬意有多惬意。人们都说知足者常乐，在异国他乡有一栖身之所，我便感到很幸运了。

卡尔和安妮经常对我说，如果感觉哪里不好要告诉我们，你一个人大老远地从中国来到这里，没有朋友没有亲人，在这个完全陌生的环境里用另一种语言跟别人沟通，肯定会感到孤单，你的感觉对我们来讲很重要，我们希望你能过得好，我们都希望你在这里每天都很愉快。

小木屋的屋顶上一直传来"吱吱"的声音，我经常睡不好。他们问起的时候，我告诉他们可能是老鼠，然后我开玩笑地说那很像吸血鬼用爪子挠墙的声音，让人觉得害怕。他们笑着说在丹麦没有吸血鬼。

第二天，卡尔就去屋顶上查看，他想有可能是夜里刮风树枝摩擦屋顶发出的声音，便砍掉了那些挨着屋顶的树枝，然后还拿着一竿子在屋顶上敲敲打打，他说过几天再买老鼠夹放上去。

其实，我的紧张与焦虑并未随着自己找到一个新家庭而消失。晚上睡觉，我仍旧彻夜失眠。我害怕黑夜，害怕听到各种声响，害怕再出现一些令我措手不及的状况。而与新家庭相处时，我也变得格外小心翼翼。我虽不善于言辞，但是非常真诚。所以，和他们相处的还算和谐。

某个周六，卡尔突然对我说，他要告诉妮娜我是最棒的 Au pair。跟很多人比起来，我并不见得优秀，显然他是在鼓励我，但我仍旧开心得手舞足蹈。

我一直觉得他们在小心翼翼地维护着我的自尊，带给我无限的温暖。

正是这样，我决定珍惜和他们在一起的每一天，直到我离开。我很庆幸，同时感激上苍，在我万里迢迢一个人来到这里的时候，我可以遇到这么多很好的人。

心事和梦想，说给朋友听

琳达介绍了一名同样在哥本哈根做 Au pair 的中国女孩曼妮给我认识，据说曼妮是 DIY 出来的，我内心对她崇拜无比。我把自己的地址告诉她，她说我们住的小镇离得非常近，坐车只有几站，她邀请我去她家做客。

听到我即将有自己的朋友，卡尔和安妮都为我感到高兴。

这是我第一个出去玩的周末，现在想起来都觉得意义非凡。因为顺路，卡尔便开车送我到到曼妮家。一路上我都很兴奋，我从未想过这么快我就能认识当地的中国人。

曼妮所在的家庭也是住在一座小别墅内，看外表的装潢应该仅次于妮娜家。我隐隐约约可以感觉到她每天繁重的工作，但曼妮说这些对她来说都是小菜一碟。

从未料到如此强壮有力的曼妮竟是小鸟依人的模样，齐耳短发，嘴巴很大，笑起来有很明显的南方女子的特征。

曼妮已经在丹麦一年半的时间，对于我们这种刚踏入这块土地不久的新人，她都称得上"土著"了。她给我讲自己的故事。

曼妮大学时在网上认识了一名芬兰男生，毕业后便毅然出国找他。但她一直没有去芬兰的机会，为了离他近一些，她选择了来丹麦做 Au pair，这样她可以利用假期去芬兰看看他。她还骄傲地说自己在做 Au pair 之余，她还开网店做外贸，已经存了一笔钱，同时也在芬兰注册了家相亲公司。

无论怎样，看到这样冲着自己的目标努力的女孩，我都觉得自己也有了动力。我一直觉得不向困难低头的人都会坚持到最后。

中国人相聚，一般都是吃吃喝喝。那天，我们一起包了饺子，炒了几道菜，真有一种过节的气氛。

晚上，我们睡在院子里的小床上，一边看着繁星一边说着悄悄话。一切似是回到了少女时代，内心怀揣着许多心事与梦想，只说给身旁的好友听。

翌日，我返回 Holte 时，她决定送我到站牌。走到站牌时，看到这大好风光，她突然提议要步行把我送回家。这个提议大胆又刺激，让我体内的冒险激素一路飙升。

阳光不错，我们沿着周边枝繁叶茂的路一直向前。树上长满了红的黄的野果，我们摘下来放到嘴里，酸甜可口。她还说去年夏天的时候，她摘了很多野果做果酱，味道也不错。这样一走，我算是真正领略了这里的秋天。

路边有梨树、苹果树和李子树，果实稠密压弯了枝头，地面上落满了熟透的果子，走过去，清新的水果香便扑鼻而来。

穿过高速，穿过各种小路，遇到形形色色的人。即便已经走了三个多小时，我们感到口渴难耐，仍旧保持着高昂的激情。

由于她计算错误，我又没记清去卡尔家的路，到了 Holte，我便开始凭着感觉走。我们像走迷宫一样穿梭在各条街道，也会掏出纸条问一些路人，最后费劲千辛万苦终于找到了正确地址。

此时的我已累得上气不接下气，给我一张床我就能睡到地老天荒！

　　卡尔和安妮听到我们是走回来的，都张大了嘴。后来，每当我们提起曼妮的时候都会加上 Crazy 这个前缀。这样，她成了我的 Crazy Friend！

午夜的末班车与风中的拥抱

不知道是否在每个人的心里都藏着一个拥抱，那个拥抱对我们来说有着非凡的意义。或许那个给予我们拥抱的人早在我们记忆中模糊了，可那个拥抱却鲜活地永久储存在我们的脑海里。每每想起，心口总是漾起阵阵温暖。

那是一个阴冷且刮着寒风的深夜，我刚从华人中秋节晚会的热闹中走出来，遵循着朋友的千叮万嘱在转换站下了公交车。第一次在异国的夜晚乘车，还要转车，其实我的内心充满了恐惧。除了天生对夜的恐惧以外，周围静悄悄地被黑暗笼罩，一眼望不到边际的野地以及孤零零的某个站牌，这些景物都让我感到压抑。

我沿着马路快速向前走，身边呼啸而过的车辆刺激了我内心的那份归家的焦急。我环视四周，空荡荡的没有一个人，但不远处有光亮，直觉指引着我朝着那个方向走去。

这是一所加油站，旁边停着数辆车。近了的时候，我听到了有人嗷嚎大叫的声音。驻足定睛寻找声源，我看到光亮处一个女人拿着酒瓶蹲在马路边，似乎在发酒疯。她看见我，突然站了起来。这种情况下，最明智的办法是远离她，因为谁也不知道一个醉酒之人会做出什么疯狂的事情来。

我还没来得及走，她已晃荡着身子站到了我的面前，醉笑着用英语对我说："我能帮助你吗？"

"请问 197 路车的站牌在哪里？"我只好问她，可问完我又有些后悔了，因为她突然拉住了我的手。

"来，我知道，我带你去。"

她摇晃着想横穿马路，我紧张地看着她，这是多么危险的事啊，还好此时的车辆不是很多，我的心跳频率跟她身体摇晃的频率成了正比。直到我们安全抵达马路对面，我才舒了口气。

"站牌在这儿。"她打着酒嗝指着站牌说，然后冲着我笑。

由于光线的原因，我看着她不是很真实。我看不到她脸上的表情。她一直摇晃着身子，像是随时都可能倒地。

这时她的丈夫紧张地从加油站出来，飞奔着穿过马路来到她的身旁扶住了她。我们进行了几句简单对话，他便拉起她的手想回到加油站。

"你知道怎样查看公交车的时间吗？"她挣脱丈夫的手继续问我。

我摇了摇头。

"我知道。"她重新晃荡到站牌前，脸贴得很近，用手指慢慢点着，努力地查看着上面的公交车时间表。不一会儿，她说："这里，你还得等三十分钟，这是最后一班车了。"

"谢谢。"我感激地对她说。

她的丈夫和我道别后牵着她的手正欲穿过马路，她却猛地给了我一个拥抱。

"祝你好运。"她醉酒的声音很快淹没在这呼啸的风中，却被我永远记在了心里。

她在丈夫的搀扶下跌跌撞撞地回到加油站，上了车，最后消失在夜色中。她的拥抱残留在我身上的余温一扫我的寒冷。

　　直到我坐上了回家的公交车，我仍旧在努力回想她的样子。她大大的眼睛，穿一件风衣，拿着酒瓶打着酒嗝，摇晃着她的中等身材，说着她的豪言醉志。就是这样一个女人在异国的街头给了我一个拥抱。也是这样一个女人指给我回家的站牌，让我赶上最后一班车。

　　人生中总会遇到形形色色的人，带给你形形色色的温暖。这些温暖将你的内心一点点变得柔软。

鲜花与亲吻，生活与爱

刚来到卡尔家的时候，每天早晨看到卡尔和安妮上班前的亲密告别，开始我会不好意思和脸红，后来干脆别过头。西方的吻别礼仪让我这个非常传统的中国女孩有点吃不消。

接下来的日子里，让我更吃不消的事情接踵而来。比如餐桌上两人的深情对望，比如谈话间俩人的笑意浓浓。如若这是在中国，一对五十岁的夫妇整天这样，不被人骂老不正经也要被人指指点点吧。

丹麦的幸福指数虽然世界第一，但是离婚率也有百分之五十。我突然对卡尔夫妇平时的生活产生了好奇，到底是怎样的细节成为了他们感情的保鲜剂呢？

周六我去了朋友家，周日回来时我看到餐桌上多了一个插满粉色玫瑰的大花瓶。

"今晚会有客人在家就餐吗？"我指着花问卡尔。

卡尔大笑起来说："这是昨天晚上买的，因为19号是我和安妮的结婚纪念日，我们每个月都会用这种方式庆祝一下。"说完他看了一眼花瓶里开得正艳的玫瑰，眉眼间难掩幸福之色。

这时安妮从卧室走了出来，卡尔便把刚冲好的咖啡递到她手中，整个过程我只看到卡尔嘴角一扬，安妮则是会意般点了一下头。没有说话，却让人感觉温馨。

后来，卡尔家餐桌上、茶几上和阳台上的花瓶里插满了各种各样的鲜花。

但在很长的一段时间内，我仍然觉得他们的告别方式太过于夸张。那种特意发出的响亮的吻声也似乎太过于张扬了些。

到语言学校测试英语水平的那天，临走前卡尔和安妮分别给了我一个拥抱，耳旁第一次响起清脆的"吧唧"声，我忽然一阵莫名地感动，那天，整整一天我的心情都很愉快。

直到我开始读语言班，我更是迷恋上了这种西方的礼仪。

我选的都是晚上的课，每次去上课都要骑二十分钟的单车去坐火车再倒公车。这是很长的一段路，在霍尔特清冷的路上，我形单影只地路过，心里偶尔也会泛起阵阵酸水，到了火车站和新结识的同学一起坐车时，我才能恢复过来。

我们夸张地拥抱，夸张地在彼此耳旁发出响亮的"吧唧"声，我们或笑或问候着，身后来往的人群，都与我们无关。它让独在异乡的我们，心里有了丝丝慰藉。它让我们这群年轻的女孩靠得更近了。正是这样，我们学会了把孤单抛在身后，每次都会快乐地努力向前。

某天去同学家做客，客厅里的一束淡黄色的花格外显眼，我鼻子一动心里某个角落突然变得柔软起来，这又是一份幸福吧？果不然，和同学聊天时无意间聊到那束花，她羞涩地告诉我是一名丹麦男孩送给她的。一束花竟然有这么大的魅力，它可以让一个人的眸子里充满了灵动充满了情感。我突然也想收到这么一束花，让我在某个午后的阳光下闻着它的淡淡花香，慢慢体验着一件美好的事。

也许我们不能改变生活，但我们可以改变对生活的感觉。比如

你因
见识少

青春
才迷茫

AN PANLI

有时候，鲜花只是鲜花，亲吻只是亲吻，但有时候它们却可以是幸福是温暖。

时间从不兜售后悔药

我从未这样食言过。现在回想起来都内疚不已。

土豆节是丹麦的一个传统节日，据说是旧时专门为土豆丰收而设定的假日而流传至今。这一天，全丹麦的学校都会放假，学生们都要回家帮家里收土豆，跟中国以前的农忙假差不多。但如今的丹麦那些小镇早不靠种植过活了，这个节日便成了一家人外出游玩的好机会。

卡尔一家人准备利用这个假期开车去西部海岸玩。

那里离家很远，开车需要十几个小时。一周前，他们便开始断断续续准备所需物品。他们问我去不去，我觉得这是一次很好的出游机会，便毫不犹豫地说要去。碰巧琳达所在的家庭也会在土豆节去西部海岸玩，说不定我们还能碰面呢。

来丹麦才三个多月，便即将有一场美妙旅程，虽说是在丹麦境内，我还是激动得要命。我唯恐周围人都不知道，便在空间各种"刷屏"。

离出发的日子越来越近了，某天我在 QQ 上与曼妮聊天，不知不觉便聊到了和雇主家庭一起度假的事。曼妮说她去年曾和家庭成员一起去度假，名义上是一起度假，实则帮忙照看小孩，全程下来她自己一直都在工作。她的这些话让我对这次土豆节西部海岸之行激情大减。她还说跟家庭成员出去一趟各种累，如今再有什么出行她都直接推脱说不去，不如留在家落个轻松。我的脑海中突然出现一幅画面——卡尔一家人跷着二郎腿坐在椅子上，一边拿着牙签剔着牙，一边吩咐我帮他们端茶送水，我超级愤怒却仍旧满脸笑意点头哈腰。人的想象果真是可怕的，这样一想，我便开始恐慌。我害怕我真的会遇到想象中的场景。

临出发前一天，我迫不及待地对卡尔他们说我不去了。他俩甚是意外地看着我问为什么，我说琳达一家取消了西海岸之旅，去了也不能和我的朋友见面。说这些话的时候，我内心真的很内疚。明明是我自己的自尊心跑出来作祟，明明是我没有勇气去面对这样的事。

"帕姆，我不知道你为什么要放弃这次可以令我们更了解彼此的机会。"安妮说这句话时满脸的遗憾。

我知道他们已经帮我打包好了我需要用到的物品，便愈发地内疚了，只得不断地说着对不起。可我知道对不起不能解决任何问题。

他们如期开车去了西海岸，临走之前叮嘱我一个人在家要注意安全。

猛地迎来漫长的七天假期，我有些不知所措。实际上，我非常懊恼与后悔自己这样轻易地放弃出去玩的机会。我的勇气竟然只是被曼妮的几句话就轻易地击退了，原来我是这样的胆小鬼。卡尔家的双胞胎都 10 岁了，已经不需要我寸步不离地照看，更不需要我推着婴儿车载着他们漫步沙滩，曼妮说的那些根本不可能出现。卡尔与安妮看起来更不像刻薄之人。我当时怎么就不仔细想想呢？

七天后，他们带着倦意与幸福回归。我看他们拍的照片，我听他们讲发生的趣事，羡慕得不得了。而琳达本来说她的家庭取消了西部海岸之旅，结果却又执行了原计划。琳达说她在海边玩得超级开心，还捡了一堆贝壳和一颗小琥珀。

这下，我除了遗憾还是遗憾了。

往后的日子里，卡尔一家出去游玩再没问过我去不去，我知道都是我的出尔反尔造成的。

我是个不懂交通规则的中国女孩

亚历山大（后文简称 A）和克里斯汀（后文简称 C）每个周四的下午都去体育馆上羽毛球课。卡尔和安妮希望我能在这天等他们放学后再骑着自行车接送他们去打羽毛球，为此给我买了一辆二手自行车。

当然，第一步是要熟悉路况。

他们骑着单车在前，我在后。第一次在丹麦骑这种欧式自行车，我手有些发抖，真害怕一不小心摔下来。但想想当年我骑着车在蜂拥的人潮中鱼贯而行的样子，便知道我的车技是有多精湛。所以，没多一会儿我便适应了这辆丹麦单车。

小镇上的人口的密度比国内的要小了上百倍，视野也比国内宽阔很多。单车在国内是上班族的代步工具，一想到单车就不由自主地和"累""奔波"联系在一起，而在这里骑单车却是一种闲情逸致的表现，很多人把骑自行车当成了锻炼身体的一种方式。当然这里的车型几乎都是山地车，骑车需要戴着头盔，而我们经常在国内骑的那种车被安妮称为 Lady Bike，寓意为老年车。

丹麦的马路上有专门的自行车车道，无论骑车速度多快都有一种安全感。

　　在去体育馆的路上，他们教我如何打交通手势。不知道国内其他人怎样，这些交通知识让我觉得汗颜。我明白这些手势的意思，但在国内骑车的时候从未运用过，所以在这里骑车我总会反应不过来。国内自行车和机动车都可以在一起行驶，很多自行车都是横冲直撞，这是下班高峰期最常见的一幕。

　　为了检验我的骑车技术和熟悉街道的程度，在从学校回来时，我和安妮换了一下位置。这次我打头，她收尾。骑车过程中我做错了好几个手势，比如要穿过马路时，明明没有汽车，我却做了一个暂停的手势。这样的表现导致的结果是安妮和卡尔无法放心地把孩子交给我，小孩子也觉得我不懂交通规则不愿意让我送他们去体育馆。往后的日子里，仍旧是卡尔和安妮开车接送 A 和 C 去上羽毛球课。

　　好几天，我都有一种挫败感。所以，连着几天，有事没事，我都骑着车往外跑，练习各种交通手势。最后终于可以把交通手势和骑车技术完美地结合在一起了。

蛋炒饭，中国胃自救指南

A 和 C 的学校离家约五分钟的路程，他们经常会快乐地踩着滑板去学校。在他家我听到的最多的声音便是每天他们踩着滑板放学回家时"隆隆"的摩擦音。

后来出门散步遇到了很多小学生都是踩着滑板去上学，我很喜欢他们一路飞驰的感觉。

丹麦的小学没有食堂，学生们中午也不回家吃饭，这时他们带的午餐盒就起作用了。一般情况下，午餐盒中会装几片抹了酱夹了肉片的黑面包和一些水果。我在安妮家的一年多，A 和 C 的午餐盒从来都是这样的组合，真是雷打不动。

丹麦人的午餐一般都是黑面包。怎样形容我对这款面包的看法呢？反正我是宁可饿着也不会啃一口。这种黑面包有一种酸味，里面还含有又大又硬的全麦颗粒，嚼起来就像在吃馊饭。我觉得丹麦人的"奇特"口味真是不可思议。往往这个时候，我便很怀念国内的包子馒头。

远行后便会发现，无论身处怎样的环境，我们都会很快适应。但无论我们的言行举止再怎样像当地人，我们的中国胃都很难改变。毕竟，我们中华美食名不虚传。一日三餐离开中餐就像被饿了几十年的流浪汉，只要一想到中华美食，口水就会肆意横流。

　　幸运的是，大部分时间白天只有我自己在家，中午的时候我会给自己做个蛋炒饭或者下个面什么的来满足一下我的中国胃。

养边牧是一件挑战主人智商的事情

Lucky 是我在现实生活中接触到的第一只边境牧羊犬。

它 12 岁了，腿脚不好使，但有些发胖的身体毛茸茸的，看起来可爱依旧。

刚来卡尔家的时候，我觉得 Lucky 有一种莫名其妙的优越感，因为每次我逗它，它都熟视无睹。它会懒洋洋地躺在客厅门口的窝里，睨着眼睛打量我，眼神高傲得不得了，就像高高在上的太上皇。我对这条老狗的神态感到有些意外。你说它长得为狗中龙凤吧，还逊色很多，你说它年轻力壮吧，它偏偏又到了迟暮之年，充其量它算是长得有点特点，黑白相间的毛色，胡子两边还有很多斑点。

平时 Lucky 消磨时光的方法除了睡觉就是蹲在园子里学文艺小青年一样——凝望，即便是天上下着毛毛细雨，它也要凝视很久。那孤单的背影，那落寞的眼神，看上去有数不完的心事。我承认也曾有那么一两个片刻，忍不住想上前拍拍它的头，但都被它的低吼声吓得退缩了。

我觉得它有点不喜欢我，所以，我决定要先示好。

我靠近它，它不躲不闪，趴在地上一动不动，只是瞪大眼睛瞅着我。我喊它，它仍旧把我当空气。我拿着玩具逗它，它甚至把头扭到一边。我拿食物引诱它，它瞥一眼又继续睡觉。

经过各种实验后，我得出一条结论——此狗非已成仙便已成魔。

后来很多个早上，我都会牵着 Lucky 出门遛弯，我发现这个时候的它是最快乐的。Lucky 一出家门便先小跑一段距离，没力气了才会慢慢走，一边走还一边嗅一下路边的花草。可能是因为这样，它开始变得有些喜欢我了。如果我去院子里晒晒太阳，它也会跑到院子里趴在草坪上。我走进屋，它也会进屋。

有一次，我正在客厅打扫卫生，一只很大的蜜蜂飞了进来，我有些害怕，随手拿起抹布在空中晃荡着驱赶它，可它却嗡嗡叫得更厉害了，不停地在上空盘旋。我着急了，开始跳跃着驱赶那只讨厌的蜜蜂。本来在睡觉的 Lucky，却猛地睁开眼，吠着跑来和我形成一个战队，它也跳跃着帮我驱赶蜜蜂，直到蜜蜂被成功驱赶出去。

本来我以为经过这件事可以断定 Lucky 真正地喜欢上我了，但后来发生的一件事让我觉得结论下早了。

那天阳光明媚，我心情不错，看见 Lucky 又蹲在园子里凝望，我心血来潮便想带它上街散散步。

"Lucky，出去散步啊，快点跟来。"

我话刚落音，它就扭着身子跑来。像往常出门一样，我给它系上狗栓，就沿着蜿蜒的小路向前走去。一路上，Lucky 总是是选和我相反的方向走，我想往东，他偏偏往西，我喊它，它总是当听不见。我拉紧狗栓，它依旧拼了命地向前。我只好妥协。

走到一个十字路口正中央时，它毫无征兆地蹲了下来，又开始凝望。我想它肯定是故意的，因为无论我怎么下命令都无效，甚至我假装怒吼，它依旧无动于衷。于是，一人一狗这样对峙了半个多小时。直到天上忽然掉起了雨点，它才起身跟着我朝家跑去，它的大尾巴翘得老高，跟着它的屁股不停地摇啊摇，我可以理解为这是在向我示威么？

还好，它后来良心发现，出门遛弯再没闹过情绪。

空余时间，我看了很多关于狗狗的电影，像《零下八度》《雪狗兄弟》等等，我被这些狗感动得不得了，眼泪"哗哗"直流。还搜了很多关于萌狗的视频看，愈发地觉得有只宠物狗是件很幸福的事。当我看完忠犬护主的视频后，便想试验一下 Lucky 会不会在我出现状况的时候救我。

一天，Lucky 正在客厅闭目养神，我假装不小心摔倒然后躺在地上可怜兮兮冲它说："Lucky，我病了，快来救我！"

此刻我脑海中出现的场景是这样的——Lucky 看到我需要帮忙，第一时间跑过来，先是着急地围着我转几圈，见我没反应又会朝着窗户狂吠，好引起路人注意，以便我被及时救援。事实上却是——Lucky 睁开眼瞄了我一眼，继续闭目养神。

它的无动于衷让我有些小失落，臭 Lucky，枉费我几乎每天都带着你出去散步，遇到状况你竟然选择事不关己高高挂起。我一边碎碎念一边走到厨房弄午餐，吃午餐时由于没坐稳，我连人带椅子向后仰去，吓得我尖叫一声，这时 Lucky 却意外地跑了过来，瞪着圆圆的眼睛看出现了什么状况。最终我还是没能避免从椅子上摔下来的命运，坐在地上我捂着摔疼的腿忍不住掉下几滴泪珠，Lucky 急得来回踱步，最后围着我转啊转，直到我继续吃午餐，它才重新回到窝里睡觉。

顿时我又觉得 Lucky 也没那么冷血，它肯定能辨别状况的真假，不愧是狗狗智商排行榜中的老大，真是聪明。等将来我养狗的时候，一定要养一只边牧犬。

很多时候，我都是一个人在家，难免觉得无聊。所以，Lucky

成了我以外唯一一个有生气的生物。每次无聊的时候，我都会摸一摸 Lucky。还好，这样的岁月中有一只狗相伴。

一次不愉快的网购经历

我在丹麦做的最后悔的一件事，便是在淘宝上网购。

来丹麦时过于匆忙，只带了夏季衣服，所以我一直担心秋冬季我的着装问题。虽说那时我在丹麦也有三个月左右了，但我还不知道丹麦的服饰打折时是很便宜的，有时一百块左右就可以买到品牌货。

想到自己欠的外债要及时还，我便想省钱买些廉价衣物。

我想到了网购，但支付宝内没钱，更不知道怎样操作进行交易（不要笑啊，那时的我就是一包子），和曼妮聊天时，她说她支付宝里钱很多，她可以帮我代购，到时候按照汇率直接付她丹麦克朗就行了。

我觉得这个方法不错，便开始按照她的指示进行购物。我搜好衣服的链接再发给她，她替我支付。因为我不会用淘宝，所以，选购衣物的价格都贵了很多。等付了钱之后她才说我买的衣服特贵，她还说丹麦打折的衣物很便宜，我感觉她有马后炮的嫌疑。当时我就是听了她说她有合作的物流公司，到了丹麦可以免税，才选择让她帮忙的，可结果到最后光物流费她就收了我 800 克朗，还交了200 克朗的税。加上那几件衣服的钱，我花了将近 2000 克朗。

我有些生气，觉得她是打着帮我的名义在赚黑心钱。她说我狗咬吕洞宾，我就让她把各种交易的流程截图给我，她又找各种理由搪塞。

收到的衣物与网上照片有些偏差，我穿着也不合身。可是这些又怪得了谁呢？我捶胸顿足了很久，骂自己没脑子，骂自己还是那么容易冲动。

后来我一直在思考我在异国进行网购和被中介忽悠出国这两件事。我觉得自己太缺乏社会经历了，一个人缺少的东西太多时就会走很多无谓的弯路。我也觉得自己太冲动了，一个人过于冲动就会做很多让自己后悔的事。正是这样的反思让我学会了努力去增加自己的阅历，努力去克制自己的弱点。

这两件事是我思想走向成熟的一个转折点。

被外国人搭讪是种什么样的体验

　　一直听别人说语言课是结识各国朋友的好机会，我便迫不及待地想去看看。金秋时分，我左盼右盼的语言学校终于开课了。

　　此时丹麦的白天早已有了凉意，时不时刮上一场大风，晚上尤为厉害。语言课分白天课和晚间课，我当然愿意选择白天去了，因为白天还比较暖和些，但跟卡尔商量未果，无奈之下只好选择晚上的课。

　　查好路线，我六点左右出门去坐公交车。白天几乎一整天都闷在家里，这时站在公交车牌下，有一种放飞的感觉。也只有这个时间才完全属于我自己，可以随心所欲地支配去干自己想做的事。

　　十几分钟后，我准时出现在霍尔特火车站。等火车的空当，我往往会先看一下周围的人，看他们的神态，看他们的衣着打扮。周围很安静，很少有人嬉戏打闹。有的人坐在长椅上读报纸，有的戴着耳机听音乐，大多数人的穿着看起来比较随意。往往那些浓妆艳抹身材矮小的亚裔面孔便是菲律宾人，她们百分之九十九点九九是Au pair。很多菲律宾人以这个为生，除了自己的必要开支外，那些微薄的收入还要供给家人。

　　下了火车再坐一班公交车就到语言学校了。

我下错了站而不知，凭着印象朝着学校走去，结果迷路了。拿着地址问了几名路人，每个人指的方向都不一样，我发现我在同一条街上来来回回很久，都没找到学校。

天黑了，我出了一身汗，天又下起了雨，我沿着冬青墙漫无目的地前走。终于又遇到一名骑车的路人，我向他打听地址，他看了一下，哈哈笑道："很近的，就在不远处。"

他戴着鸭舌帽和墨镜，看不清他的脸。

"你是 Au pair？"他打量了下问道。

"是。"我回答。

"那你是菲律宾人？"他追问。

"不是，我是中国人。"我笑道。

一听我是中国人，他似乎有些激动，兴奋地说："我去过中国，还在上海居住过一段时间，我很喜欢那里，你是中国哪儿的？"

"河北。"

"是广州吗？"

"不是，广州是一个城市，而河北是一个省，我在的城市离北京挺近的。"

"啊，我知道了，长城。"

天依旧在下着毛毛细雨，他抬头看了一下天，说："我正好顺路，那我带你一段吧。"

我们俩一边走一边聊天，走到一个十字路口时，他问我能不能留下邮箱地址，我一愣随即反应过来这是结识朋友的好机会，便写下来给他。他要拐弯回家，便指着不远处说学校就在前面，走几百米就到了。说了再见，我便匆匆赶去。

找到我上课的教室时，我已经迟到了将近半节课。我敲了敲门，讪笑着走进去。看到一名男老师正在讲课，我把上课通知书递给他，他让我做一下自我介绍。

"Hello everyone, I come from China, my name is Pamela, you can call me Pam."众目睽睽之下用英语介绍自己，还是有些不好意思的，我脸上挂着的笑容都变红了。

"Ok, her name is Pamela."老师拿着笔在黑板上写下我的名字，"She comes from Pam."接着他又写下 Pam。

课堂上的同学一阵哄笑，我满脸黑线，觉得眼前的老师是故意的。我强调："I come from China, it isn't Pam."

"What? Are you from Pam?"老师终于破功哈哈笑起来，接着他说："Welcome Pamela, she is Chinese."这时，他擦掉 Pam 二字，认真地写上了 China，然后还写上了中国的丹麦语写法 Kina。

我觉得眼前的老师真有幽默感，找座位坐下便开始了我人生中的第一节丹麦语课。

丹麦语老师叫 Jon，是一名在法国长大的丹麦人，看起来真的蛮有趣的。班上是清一色的亚洲女孩，除了我是中国的，还有一名泰国的，剩下的全是菲律宾人。这跟我想象中的同学有点不一样，据曼妮说她读过的语言课，班上有很多其他国家的人，像德国的啦，英国的啦，难道我们的语言学校还会因工作和人排班吗？因为我们班的同学几乎全是 Au pair，这下连与其他工作者交流的机会都没有了。

这名泰国女生和丹麦人结婚了，在一家旅店工作，因生活需要才来读语言的。她长得很有喜感，每次看到她的脸我的心情就会莫名其妙地好起来。她有个很长的名字，我一直记不住怎样拼写，每次我都根据谐音喊她"披萨满"，以至于每次吃披萨的时候都会想起她。

班上的人除了我和披萨满之外，其它人英语都不错。所以，每次我和她进行对话时都会指手画脚，外加一群人协助解释，哈哈，那场面要多壮观有多壮观。

艾茹也在霍尔特做 Au pair，我们属于同一个镇，但两家却离得很远。她邀请我周末去她家过夜，我欣然答应。

那个超级爱"脸书"的菲律宾女孩

别看我在卡尔家待了三个月，事实上我很少一个人出去逛街。一是没有朋友，二是不认识路。安妮每个周末都会对我说——帕姆，你应该出去走走，到处逛一逛，整天在家里多没意思啊。

终于等到语言班开课，这下我认识了一群菲律宾女孩，周末便经常收到各种邀请。

我没去过艾茹所在的地方，她说她家在火车站附近，那边还有一片湖。

按照她提供的地址，我骑上自行车便寻了去。此时，霍尔特街道两边的树木开始变黄了，那些枫树底下更是落了厚厚一层落叶。不同于夏季的绚丽，这里的秋更多的是韵味。

艾茹在火车站的另一边等我，那我就需要穿过火车站出口的过街通道。我刚把自行车推到台阶上往下挪动了几步，自行车的前轮就猛地飞射出去，沿着台阶向下滚了老远。这种只在幽默动画中看到的场面真实地发生在我身上，我立马呆若木鸡，直到看到路人各种爆笑，我才准备架着只剩一个后轮的单车去寻那只车轮。还好艾茹及时出现，她爆笑着帮我捡起滚远的轮子，然后又帮我抬着自行车往回走，去不远处的自行车铺修理。

经过检查，自行车的前轮脱节是因为车轴上少了一枚螺丝帽。师傅给开了收据——100 克朗，说周一的时候让我来取。我瞪大眼不敢相信。这么一枚小小的螺丝帽要花 100 块，要在中国顶多 1 块钱吧。不过，卡尔家给我报销了花费。

虽说这次经历蛮搞笑的，但想起来超级后怕。如果车轮恰恰巧在我行驶过程中脱节呢？那肯定要出一场交通事故啊。后来很长一段时间，我就对卡尔家提供的这辆二手自行车心有余悸，宁可走路也不愿再碰它几次。

我和艾茹去她家的路上，顺便去了小湖那儿玩。走过一段向下的台阶路，就会看到大片大片发黄的蒲苇，景色美得连拍照拍出的效果都不像真的。再穿过一个小桥就是一条通往森林的小路。你看，这里随处都能见到森林啊。

那时我真想在丹麦拍一套文艺小清新范儿的写真，贴在朋友圈肯定会引起各种羡慕嫉妒恨。

在艾茹家吃过晚饭，本以为到了闲聊时光，却没料到她要加班整理两大箩筐刚晾干的衣服，等把它们折叠好，她又支好熨衣架开始熨衣物。第一次见菲律宾女孩干活儿，第一印象便是快。如果让我来做这些，我肯定会累得半死，而且做得也很慢。

"现在不应该是你的上班时间，你完全可以拒绝做这些。"我为她打抱不平。

"但是你知道……"她叹了口气。

我想到了"人在屋檐下不得不低头"这句话，这种心情我自然能感同身受。即便我比周围人幸运，可经历的事也是大多数做 Au pair 的人正在经历的事，只是我懂得调节罢了。

我也算见识到菲律宾人对网络社交的热衷，即便在干活儿，她也要打开着"脸书"和朋友聊天，最后可能觉得打字太麻烦就开了视频。这样的情况就像中国人对微博和腾讯 QQ 的热衷。她说在菲律宾几乎人人都有"脸书"账号，尤其是一家人都会用这个进行联系。

总算等到她忙完，我们才有时间一起看会儿电影。

当你羡慕别人的时候，别人也在羡慕你

第二次去语言学校时，班上来了一名新女同学，她来自立陶宛，也是在丹麦做 Au pair。立陶宛是欧洲的一个小国家，而立陶宛人长得很像中西方混合体，西方人的面孔和东方人的发色。中学时代我的地理学得不是很好，所以当我看到这名长得矮小的立陶宛同学时多少感到有些意外。欧洲人那种高大强壮的形象在我心中立马缩小了一半。

每次上课前，那群菲律宾的女孩总会聚在一起叽叽喳喳地用菲律宾语聊天，她们与生俱来的热情总是让我汗颜。我是一个安静的人，很少主动与人聊天，你说每次聊天就要聊"你好吗？""你这个周末过得愉快吗？""你做作业了吗？"这样的问题，是不是真的很无聊？当她们问我的时候，我也会和她们一起聊几句，偶尔也会听一下她们口中的八卦，比如她们哪位的朋友换雇主家庭了，比如她们哪位雇主家庭的人不错或者很差劲等等，当她们问及卡尔一家的时候，我说挺好。

很多关于 Au pair 的信息我都是从菲律宾同学这里获得的，我觉得她们很懂得争取个人的权益，总是及时关注移民局颁布的各种条例。从着手办理出国手续开始到身在国外数月，我从未关心过这些条条框框。每次想到那些条款我都会很烦躁，因为越是去在意这些也就意味着越是把 Au pair 当成一份工作。那时我总是固执地给 Au pair 下个定义，贴上一些自以为是的标签，总觉得一旦把 Au pair 当成一份工作，那么它就没什么意义了。

周围的菲律宾人总是问我为什么要选择出国做 Au pair，问的次数多了，我只好说我是被中介骗出来的。她们都表示很惊讶，我又解释——很多中国女孩不了解 Au pair 这个项目，更不清楚 Au pair 所涉及的工作内容，所以就被骗了，而大多数的中国父母都希望自己的子女出国开阔一下眼界，所以都是心甘情愿地掏昂贵的中介费送子女出国镀金。说完之后，她们一阵唏嘘和羡慕，她们说中国的父母真伟大，中国的子女真享福。我想到菲律宾人辛苦地做工，赚完钱还要寄回国补贴家用，也一阵唏嘘。

这个世界总是这样，你羡慕着别人的生活，也有别人羡慕着你的生活。

我见到的大多数菲律宾人的脸上永远洋溢着笑容，他们看起来很快乐。

快乐似乎跟人所处的环境没有必然的联系，而是由心态决定的。

每晚下课的时间是 21：00，等坐车回到家都 22：30 左右。每次迎着刺骨的冷风走在路上时，我都会在内心进行无数次咆哮——我讨厌黑暗，我讨厌夜晚，我讨厌寒冷，我讨厌大风！

还好，有顺路的同学，我们便经常一起坐车，路上说说笑笑，倒也不觉得无聊和单调。菲律宾同学爱拍照，然后上传到社交网络。在这一群女孩中，我比较高，每次站在一起总有一种鹤立鸡群的感觉，自拍合影的时候，大多数我得半蹲着才能入镜。

有一天晚上，我们在等火车时，我掏出车票打卡，塞了老半天都没塞进去，没想到一名丹麦帅哥羞赧着走了过来说："需要我帮忙吗？"

　　每次帅哥搭讪，我都会很紧张，我不敢看他，快速回答："不用了，谢谢。"这时，我终于把车票打好，才悄悄舒了口气。帅哥有些不好意思地朝着他的同伴们一笑，我也忍不住笑了，我周围的菲律宾女孩也笑了。哈哈，这算不算是一个很美好的夜晚？

　　我一直觉得丹麦人长得漂亮，无论男女。他们大多数人的身材清瘦修长，皮肤白嫩，金棕色的头发，碧蓝色的眼睛，看起来真的像洋娃娃。在这个洋娃娃的世界里，我不断给路人编排角色，比如在火车上那名刚上车的中年洋娃娃被我编排成妈妈，旁边的那个小洋娃娃被我编排成女儿，洋娃娃们不断走动，低头交谈，看报或听音乐……就这样我陷入了自己的想象世界中，还不断偷乐。

第一封信，写给相遇

　　周末，卡尔正在修剪草坪，"嗡嗡嗡"的除草机吵得我不敢再赖床。卷起窗帘，窗外的几朵粉色的月季在玻璃上摇晃着，阳光打在书桌上，我呼吸了一下新鲜空气，心情很好。

　　打开邮箱，我收到一封英文邮件。虽说有想过这样的场景，却未料到事情发生得如此之早。

　　　　你好，我叫鲁尼，住在你读语言学校的附近，是本地人，那天很高兴认识你，不知道你叫什么？那天你顺利找到学校了吗？你的兴趣是什么？如果不介意的话，你能做简单的介绍吗？期待你的回信。

　　邮箱内还附着一张他在院子内与两只狗的合影。照片上的他在微笑，看起来像个熟男，长相中等，比较沉稳的样子。

　　我有些惊奇，难道这是丹麦人的交友方式之一吗？认真地组织了一下语言，我便简短地回复了一下邮件。

　　　　鲁尼你好，很高兴收到你的邮件，我叫 Pamela，那天多亏了你带路我才能找到学校，太感谢你了。平时喜欢写作和读书，我是一名业余作家。你呢？

　　回复完我又重新躺在床上，想入非非。如果将来有了一名或者一群当地的朋友会是怎样的场景呢？会不会也像当地人一样经常参加一些 Party？会不会也要经常喝酒？我喜欢交朋友，但不想经常参加 Party，不想喝酒。举杯是我最讨厌的餐桌动作之一，基本上我算是滴酒不沾的人，偶尔喝一口（真的是一口）啤酒，频率一年一次。所以，在这里，不喝酒的我显得有些特立独行。

　　其实，每个周末，我都有些不好意思走进卡尔家的门，总觉得他们比较注重隐私，在彼此的私人时间过去便是一种打扰吧。可我总得进食，总得上卫生间啊，这些程序又必定要打开门走进去解决。后来，想了各种应对办法，周末屯一堆零食，饿的时候就不用进厨房了，还有直到忍到极限再去卫生间。虽然这样做有些愚蠢，可比起那种尴尬的打招呼来我更愿意这样做。我甚至都想过买来柴米油盐，再买个电磁炉买只锅，买只电热壶，把我门前的小院做简易厨房，但仅限于想想而已。

　　有只松鼠几乎隔段时间都会在我门前的那棵大树上跳来跳去，每当我看到它都会第一时间出屋，冲着它喊——小松鼠，小松鼠，你下来吧，让我摸一摸你。听到我的声音，它偶尔会停下看我一眼，它当然听不懂我的话，接着便快速藏匿于树枝中间消失不见。我有一丝失落，便经常幻想有一天这些松鼠能听懂我的话，最好变成我的宠物，就像《鼠来宝》里的松鼠那样既能歌又善舞。

　　小院中的粉色月季开得没以前旺了，有的甚至开始凋谢。毕竟深秋了嘛。我把小花瓶清理干净，再接了些干净的水，把新剪的一些花朵插到花瓶中。把卧室也进行了一次大清洁，顿时觉得神清气爽。

晚上，我再次收到鲁尼的邮件。

> 哇，Pamela，你喜欢写作？那你喜欢写什么？我喜欢
> 作词，喜欢唱歌，这个是我在 Myspace 上传的我自己作词
> 演唱的歌曲。

我点击链接打开视频，画面有些暗沉，他坐在一架钢琴前，上面点满了白色的蜡烛，在昏黄的烛光中他开始一边弹琴一边唱歌。我听不懂他在唱些什么，只觉得这应该是一首很伤感的歌。这个视频让我断定他是丹麦的文青。

我在下封邮件中说他的视频很好，我喜欢写小说，经常写一些爱情小说和恐怖小说。他便请求读一下我写的小说，我说你不懂中文怎样读呢？他说他有谷歌翻译器，把中文转换成英文就好了。执拗不过他，我便发了几篇给他。

一连几天，便再没任何邮件。

丹麦父母是怎样教育孩子的

　　和卡尔一家人相处的这几个月，我一直很关注他们是怎样教育小孩的，相对于妮娜家对子女的教育方式，卡尔家略显得有些"严厉"。曾听说欧洲的家长对自己的孩子都是放任自流，卡尔家碰巧相反。

　　A 和 C 每天放学后只能玩半个小时的电脑，还得及时完成老师布置的作业。所以，我经常看到他俩坐在桌子两端面对面认真写作业的场景，被他们擦掉的橡皮屑总是能勾起我对小学的回忆，有时候家里没人我也会坐在那里写写画画。大多数情况下，安妮会辅导两个小孩的作业，帮忙检查一下错题啦，指导一下他们怎样写作文啦，或者拿着英语卡片帮他们温习新学的单词啦……

　　每天晚上吃完饭后，两个男孩还会按要求坐在沙发上看半个小时的书。说到书，我很羡慕卡尔家那一大书架的书，无论新旧都整整齐齐地摆放在那里。有英文原著的情感小说，也有丹麦的推理小说，有关于美食的，也有关于怎样养狗的……我还从里面翻到过一本描写蒋介石的英文版图书，厚厚的一本，随手翻还能看到民国时期的黑白插图。

　　每次看到书我都很会很开心，很兴奋，那种对书爱不释手的感觉，源于儿时对书的渴望。有人说长大后对某样东西过于偏执必定是小时候对这样东西的过于缺失造成的。我生长的这二十多年中从未收到过一本来自父母赠送的图书，而能拥有一个属于自己的书架便成了我长久以来的祈愿。学前班时，偶然间从路上捡到过一本残破不堪的旧童话书，我如获珍宝般偷偷读了好几遍，直到长大后读了全版我才知道了白雪公主被继母赶出小木屋后的故事。

A 和 C 读完书便到了睡前听故事的时间，他们会钻进父母的卧室，跳到床上，卡尔便会拿着书读给他俩听。像《哈利波特》啊，《恐龙大战》啊，各种小朋友们喜欢的富于想象力的书他们几乎都读过了。这样的时光想来便是幸福的。

小时候，我和妹妹也喜欢守在父亲身旁，听他给我们讲故事。犹记得夏天的傍晚，晚饭过后，我们一家四口总会抱着凉席和枕头爬上屋顶，有时也会支一顶蚊帐。躺在凉席上，晚风吹过，少了白天的炎热，父亲一边讲幽默故事，我和妹妹则一边哈哈大笑，这样的记忆至今都保存在我的脑海深处。虽然与卡尔家不同，虽然父亲的故事反反复复总是那么几个，甚至我和妹妹听得都熟记于心脱口而出了，但那也是美好的。

唯独那时我对书的渴望成了我人生的一大遗憾。

A 和 C 比较挑食，他们特别讨厌吃炒熟的各种蔬菜，比如他们很喜欢吃生的胡萝卜，面对晚餐中的熟萝卜却总会愁眉苦脸，仿若摆在他们面前的是可怕的虫子。A 相对来说比较好些，C 有时候很倔。记得有一次晚餐，他拿着刀叉不停地拨动盘子中不喜欢吃的蔬菜，很久才切下一点点快速放到嘴里，然后极其痛苦地咀嚼，下咽后又拼命喝水。眼看大家的晚餐都要结束了，他盘子里的食物还没怎么动，安妮见状便告诫他若是不吃完盘子里的食物就不许离开餐桌。看着自己母亲严厉的眼神，C 有点小委屈可又不敢说，只好继续艰难地一点一点往自己嘴里塞。大家吃完晚餐，A 开始吃冰淇淋，C 也想吃，但他还没吃完晚餐，所以，安妮不准他吃。看着 C 眼中开始泛泪花的样子，我心一紧，这就是我小时候的翻版啊，估计大人永远不能体会到挑食小孩的心情吧，我想帮 C 说几句好话，但是安妮却笑着说没事，让我先回卧室休息。直到大家都离开餐桌，C 还坐在那里继续吃，不知这件事熬到几点才结束。后来的日子中，便没再遇到这种情况。

　　我想在卡尔和安妮这样的教育下，双胞胎长大后肯定会变得温文儒雅，因为现在的他们看起来就很乖很懂礼貌。

勇敢的少年和懂事的大人

那天下午，一阵滑板声响过之后传来很响亮的敲门声，平常小孩回家总会轻轻拍几下门，我便小跑着去开门。打开门，满嘴带血的C出现在我面前，我吓呆了，急忙冲着安妮喊道："安妮，C受伤了。"

安妮见状立马紧张地赶过来，看到满嘴血的C也一惊。

"妈！"C有些委屈地喊了一声，嘴巴里往外流的血更多了。

"要去医院吗？"我问。

"不用。"安妮说完问C，"发生什么事了？"

"我在回家的路上，滑板撞到石头，我摔地上了。"C眼中噙着泪花，眼泪始终没有掉下来，他更是没有哭一声。

这时安妮把他带到卫生间把血迹清洗干净，然后从冰箱里掏出几块冰用纱布包好敷在他的嘴边。她心疼地盯着自己的儿子嘴上的伤口，动作温柔了很多。

"你真勇敢，摔伤了竟然没哭，即便是我现在的年纪摔成这样恐怕都忍不住要掉泪呢！"我由衷地说。

安妮露出自豪的微笑："你知道吗，他很小的时候，有一次生病去医院，医生要在他的头部打针，他都没哭呢！"

　　经过安妮的急救措施，不一会儿，C 看起来就好多了。等 A 放学回来，C 又把事情给 A 重复了一遍，最后还带着他的伙伴们跑去路边自己摔倒的地方看一看。C 没有因为摔着一跤而变得心情抑郁，没有因为摔了一跤而变成家里的小皇帝，摔了一跤仅仅就是摔了一跤而已。

　　想到那些看见医生就会鬼哭狼嚎的孩子们，想到那些摔一跤唯恐大人不乱的孩子们，甚至想到我自己怕疼怕得要命，在内心便对 C 伸出大拇指。

　　这件事让我看到很多闪光点，比如懂得急救知识和遇事临危不乱是一个成人最应该具备的基本素质，而学会勇敢和不恃宠而骄对每个年少的人很重要。

当你无力改变规则的时候请适应它

有天晚餐过后，卡尔和安妮很郑重地给我说要和我谈谈。我心一紧，完了，以我以前在国内的工作经验来讲，一般情况下领导要开会无非是"赞、批和新任务"——先是表扬你平时的工作表现，再是批评一下你工作中的不足，接着再颁布一些新任务给你，这样一来，作为员工，你肯定会诚惶诚恐更加兢兢业业。领导的脸色就如同天边的云彩啊，搞不好一个雷劈下来，咱就得失业。俩人找我聊天，这意味着什么呢？

长方形餐桌上还摆着我们餐后的餐具，卡尔和安妮分别坐在桌子两边，我坐在中间，一开始三人都看了一下彼此，这是谈话的前奏，我在内心焦急地问聊什么呢、聊什么呢、到底要聊什么呢？

"嗯，通过这段时间的相处，你觉得你过得还好吗？"安妮先问道。

"我一直都觉得挺好的。"我回答。

"那你觉得每周的工作量怎样？有没有觉得太繁重？"安妮笑道。

"一开始的时候，我觉得有点累，但是现在已经习惯了，便不觉得累了。"我也微微一笑。

"你现在工作起来比以前快了不少，质量也提高了很多，我们很满意。"卡尔说道。

安妮点了点头，然后俩人看着我停顿了一下。

"我们知道你不会丹麦语，A 和 C 不会英语，但他们正在学习英语，你们其实是可以更多一点交流的。"卡尔认真地说。

重点终于出来了，我有些不知道怎样回答，双胞胎很害羞，几乎从不跟我主动说话，每次都是我主动和他们打招呼，很多时候真的不知道要怎样和他们沟通。

"你看，你们除了每天早上说早安和再见，剩下的便是周一和周三下午半小时的汉语课有交流，平时的空闲时间都是小孩在家玩游戏，你捣鼓你的笔记本。"安妮补充道。

这是双管齐下啊，我不得不做出解释道："可是双胞胎从来不主动跟我聊天啊，我一直以为他俩不喜欢我呢。"

"虽然他俩很害羞，但我想他们应该是很乐意和你聊天的，他们正在努力学习英语，可能还需要一些时间。"卡尔说。

"所以，你可以想办法尝试着和他们接近，这就需要你动动脑子啦，这样对你学丹麦语还有帮助呢。"安妮一笑，"还有，帕姆，你最近在餐桌上也不爱说话啊。"

"是不是我们老是用丹麦语聊天，把你忽略了？以后我们会尝试用英语对话，这样你就可以加入我们了。"

这个问题么，哎，觉得之前有隐隐约约地和他们聊过这个问题，聊到在中国我的家庭进餐时的场景，我告诉他们我不爱聊天。事实上，我真的不喜欢一边吃饭一边聊天，觉得很无聊。

"我真的是不知道聊什么罢了。"我无奈地回答。

"你现在不是上语言学校了么，那吃饭的时候你就可以聊聊你在学校的情况啊，顺便你还可以向双胞胎请教丹麦语，这样既活跃了餐桌气氛，又增加了你们之间的沟通，不是很好吗？"

"我尽力一试吧。"

谈话也就到此结束，大家起身一起收拾桌子，把餐具扔到洗碗机内，把锅洗干净，把厨房收拾整洁，分别道了晚安，便离开了。

我想以后更得逼着自己去做一些不喜欢的事了，生存的规则不可能按照个人的喜好而定，想在这边活得滋润一些就得迎合这边规则。想来这也不算是一件坏事，对自己技能的变相锻炼而已。

龙应台在《亲爱的安德烈》这本书中对自己的儿子说过，这个世界上有很多你不喜欢的人和事，往往处在既定的环境中你不得不去做你不喜欢的事和不得不去面对你不喜欢的人，这个时候的痛苦该怎么办呢？只能逐一分析出你做这些事的利与弊，然后慢慢化解一下痛苦。

我做不喜欢的事时化解痛苦的最好方法便是告诉自己——这些都是磨砺，会让自己变得更好！加油！

突破自我，好像也没那么难

作为一名慢热的人，能和一个人侃侃而谈时肯定经过了漫长的相处期，要不谁乐意轻易间就将自己的本性展现给别人呢？没有谁愿意为了取悦对方而在陌生人面前像小丑一样进行表演，只有在熟悉的人面前我们才会放下姿态，为了看到对方的笑容，甚至不惜扮丑。

我看到那些不易于接触的人，从不会主动上前和他们打招呼，因为潜意识里有个声音告诉自己这样做会碰钉子。即便通过细微的观察，也很难看出那种不善言辞的人有什么爱好，这样就很难找到一个可以搭讪的话题，也就找不到聊天的切入点。

双胞胎的害羞已经到了一种境界，我的慢热也到了一定程度，总得有一方先突破自己才能达到理想的相处状态。为了能和双胞胎近距离接触，我开始尝试各种办法。

除了维持早上的打招呼和晚上的道晚安之外，我想最好的办法就是和他们一起玩网络游戏，这样就有共同的话题了。那天他们放学后，照例坐在电脑旁开始玩一款场景游戏，可以设定自己和好友的角色动作还有背景等，然后配上音乐，点录制按钮，就可以制作成小电影。里面的动作有跳舞、打长拳、跑步、卧倒等。里面有各种场景的聊天室，有点类似腾讯的一款游戏（忘记名字了，我曾见一名小学生玩），我看小孩们玩得不亦乐乎。

听到我要和他们一起玩游戏，双胞胎立马表现出超高的热情。他们一边主动帮我注册，一边帮我介绍游戏的各个功能。遇到丹麦语，他们不知道怎样解释的，竟然还电话向安妮求助。在他们的指点下，设定好角色服饰和昵称，我便开始和他们一起玩。我在聊天窗口打了几句英语，和游戏中的一些小孩聊了会儿，马上就有几个人加我为好友。这是一款小孩玩的游戏，没想到我这个大人一玩就上瘾，为了升级，我还熬夜了。

这下，我和双胞胎终于有了一个话题，那就是互问一下彼此的游戏几级了。

但是这样持续的时间并不长，因为我对游戏的热衷度没小孩子那么高，没几天我就厌烦了为了升级不断捡东西攒经验的重复动作，我开始想别的办法。

丹麦的小朋友们有很多很多玩具，拿双胞胎来说吧，他们的乐高模型多得数不清，组装好的机器人飞机坦克等占满了他们卧室的每个空间，床底下还塞着好几大箱子没组装的零件。我想他们这代人应该是不缺少什么。可能他们玩过的游戏，我见都没见过，但我们中国 80 后这一代的童趣，00 后这一代也是无法体会的。所以，我决定把我小时候爱玩的东西拿来和他们一起玩。

先是折纸鹤，折纸飞机，他们跟着我学折这些东西，但是对他们来说步骤有些复杂，他们没学会，便失去了兴趣。我想做两只纸风车，可材料有限，找不到图钉和棍棒，我便用纸折了一个手指套和小风轮，把风轮放到指套上跑，风轮就会转动。可惜效果不好，所以，折纸游戏便以失败告终。

后来我想到了户外活动，像跳皮筋、丢沙包、跳房子这些游戏，游戏工具不好找，还好我无意中发现他们每人有一款软绵绵的布袋球，不知道是买什么东西赠送的，这样的话，就可以用来玩丢沙包了。

我约双胞胎出去玩游戏，他们还是很高兴的。我简单地对他们说了一下规则，便开始在草坪上玩起了改良版丢沙包。这个游戏对他们来说很新奇，我们便一直玩到了天黑。这样的互动，让人觉得很开心，尤其是运动之后那种浑身畅通和轻松的感觉让我心情尤为愉悦。而双胞胎一会儿打闹在一起，一会儿又认真较劲地玩，脸上始终带着笑容。我想，这样真好。

双胞胎喜欢画画，课外报了美术课，平时在家的时候也会拿着本子画啊画，画的都是形态迥异的龙。不知道是不是读了《龙骑士》的缘故，他们很喜欢龙。想到小学时我也很喜欢画画，那些稚嫩的画作还得到过别人的称赞，我就在网上搜了两幅龙的图片，画在本子上，送给了他俩。我们还分别给两幅画上的龙取了名字——Bad Guy 和 Nice Guy。当然这画要是给美术专业的看肯定要被笑掉大牙，更何况还不是我原创的呢，但我看着自己画在纸上的作品，内心就很高兴，倍儿有成就感。

再几天后，我们开始一起打羽毛球。双胞胎不愧上过羽毛球课，虽然人小，但打起来球来一点也不含糊，发球、切球等动作有模有样。不过，羽毛球作为一项业余爱好来讲，我觉得没有必要去报班学，自己多玩几次就学会了。我想我现在的球技就是小时候练出来的，那时没事儿就在街上和父母或朋友们一起打羽毛球，后来羽毛球成了我最爱的运动。这是我在丹麦玩得最厉害的一次，一直打到汗流浃背，我们还是不想停歇。直到天黑得实在看不清了，我们才不得不道别去休息了。

丹麦人很喜欢运动，双胞胎除了有羽毛球课还有游泳课。看吧，其实不光是咱中国的小孩有各种各样的特长补习班，丹麦也有，丹麦小孩学的东西也不少呢，据说还有学击剑和马术的。唯一的区别就是，中国的小孩是被父母逼着去的，丹麦的小孩是和父母商量过后根据自己的兴趣自主选择去的，而他们有时间去维系自己的兴趣的最大原因便是他们的课业很轻松。

　　在丹麦待得越久，和丹麦的小孩相处的时间越长，我越觉得自己在国内的生活单调，越觉得自己会的技能少。有时候我很羡慕国内那些被父母逼着去学各种技能的小孩，比如会跳舞总比不会跳好，会弹琴总比不会弹好。可中国大多数农村的父母很少关心自己小孩的特长问题，甚至还会反对自己的小孩去培养兴趣爱好，所以，我小时候的很多兴趣爱好都夭折了，除了写作的兴趣陪伴我到现在，跳舞、画画和弹钢琴都被扼杀在我的脑海中。我决定不管将来自己年纪多大，也要去学那些自己一直渴望却没有机会去学的东西。

我是没有水晶鞋的灰姑娘

几天后，鲁尼的回信出现在邮箱。这是一封很长很长的英文邮件。

我从未想过在我这个年纪会有一名外国人去读我写的小说，更未想过他还如此认真地去读。在他长长的英语评论中出现了很多和我小说不相关的内容，我稍感诧异，突然又想到他读的是谷歌翻译版，肯定会有很多汉语直译成英语时出现的错误，所以，我忍不住把文档用谷歌翻译了一下查看效果，结果我啼笑皆非，各种翻译错误五花八门罗列在一起，一点都没保留汉语写作的精华，很多幽默语句被翻译得面目全非意境全无。而谷歌直译后的小说读起来也不怎么顺畅，真佩服鲁尼能耐心读完。

他觉得我比较适合写恐怖小说，写的故事很好。我写恐怖小说的功力搁在中国这写手大军中来讲，应该是属于比较弱的，我曾收到过恐怖小说作者对我的作品提出的很多意见和编辑无数封冰冷的退稿信，却从未有个人这样鼓励过我。所以，鲁尼这样一说，我愈发地喜欢写恐怖小说了。怎奈我胆子小，常常被自己幻想的恐怖场景吓到，把那些写出来的自己觉得已经很恐怖的作品给别人看，仍旧收到"不恐怖""不吸引人"这样的评语。不过，我还是喜欢写恐怖小说，就当娱乐自己啦。

这次在邮件的末尾，鲁尼说这样发邮件有时候不是很方便，能不能互留一下手机号码。

互换了电话号码，通了几次短信后，我收到这样一条短信——

我对亚洲人一直心存好感，而且我觉得你这个人挺好的，我们能不能成为朋友？如果可以的话，这个周末可以一起喝杯咖啡看场电影吗？

这个问题让我敏感的神经竖了起来，不知道该怎样回复。

我坐在桌前反复斟酌了很久，终于回道——

对不起，我周末没有时间。如果你想和亚洲人做朋友的话，我认识很多菲律宾女孩，可以介绍给你认识。

那天晚餐时聊天，安妮讲完她工作中发生的趣事，问我有没有发生什么事，我便把遇到鲁尼的事给他们讲了一遍。

"他今天约我去喝咖啡和看电影了。"我说道。

"哦？"安妮和卡尔似乎很感兴趣的样子。

"但是我拒绝了。"

"怎么？你觉得他不好吗？"安妮若有所思地笑道。

"感觉还行，去学校那天也没看清他长得怎样，后来他发给我一张照片，还说他是 Hellrup 镇的。"

"那你怎么还拒绝呢？朋友之间也可以看电影和喝咖啡啊！"安妮的笑意更浓了。

"哎呀，你看一下他发的短信。"我有些羞赧，把手机递给她。

她拿着手机读着读着短信竟然哈哈笑了起来，像是读到一条幽默笑话般道："你为什么还说要给他介绍菲律宾女孩认识呢？"

"如果他想认识亚洲人的话，碰巧我身边有很多，我就是……单纯地想介绍一下。"看着安妮笑着的模样，我更加窘迫了。

"你有他照片吗？我帮你看看，如果不错的话，你可以去约会啊。"

我打开电脑，翻出邮件中他的照片给她看，她看完说："看起来倒是不错。"

可是和我又有什么关系呢？该怎样告诉鲁尼我的爱情观呢？如果时间轴可以快速往后拉伸，我多么希望现在的他遇到的是多年以后的我。

爱情到底应该是怎样的？轰轰烈烈，一见钟情，还是细水长流？爱情是要掺杂在柴米油盐的平凡生活中，还是富丽堂皇的贵族生活呢？因人而异。

我的爱情和生活应该是和另一半平等的，他应该是和我相仿的。我一直认为，和一个条件相差悬殊的人结婚，往后生命中的悲伤往往会多于幸福。灰姑娘穿上水晶鞋变成公主和王子走在一起的白日梦只在我中学的时候做过，二十二岁的我，没房没车，赤字财政，学业无成，前途未卜，除了大把的时间和青春，从我身上似乎再找不到任何有价值的信息。而鲁尼拥有一本过硬的护照，目测还有一定的经济基础，仅仅是这两样便可以证明我们是两个世界的人。一个如此"捉襟见肘"的我怎样去支付恋爱中的财力物力以及感情的投入？我不能接受自己连杯咖啡钱都要男朋友出；我不能接受男朋友要为我的衣食住行埋单；我更不能接受那种因没有财力而受限于对方时的卑微姿态。每个女孩都喜欢王子，可还处于灰姑娘期的我要等通过自身的努力变成公主的时候再去和王子恋爱。至少，这个时候，我才能做到和他不仅有相同的价值观还有相同的经济实力。

这样的心里话怎样解释呢？

帕姆，你想找哪个国家的男朋友呢？这个问题安妮和卡尔曾问过我几次了，因为他们对我这样一名二十多岁还是单身的中国女孩很好奇。我似乎已经回答过这样的问题了——国籍不重要，肤色也没那么重要，最重要的是有相同的价值观和经济基础，还有看将来的缘分吧。

我没有说话，只是笑了笑。有些事注定是个错误便没有去开始的意义了。后来，再没收到过他的短信。

没有哪份工作是不辛苦的

雨夜，狂风起，水流拍在屋顶"啪啪"作响。睡梦中我似乎能听到树枝疯狂摆动的"呼呼"声，而窗前似乎也已经爬满了各种鬼魅。因睡前精神紧张，未关的台灯仍旧发着淡淡的光，我的眼皮还能感觉到光线的刺激感。

有朋友曾告诉我不关灯睡觉时间久了会引起深度失眠，可每晚睡觉亮盏灯已成了我的习惯。我害怕睁眼闭眼都要处于一片黑暗中，仿若世界末日时我被打入无尽的深渊。我更害怕于黑夜中听到各种声音，那样我的头皮会发麻，浑身还会忍不住战栗。

我蜷缩在床上的角落里，听着雨水洗刷这个世界的声音，做起了很长很长的梦。我忘记了要起床，忘记了要做工，忘记了我身在异乡，忘记了我住在别人的屋檐下……梦里传来猛烈的敲门声——咚！咚！咚！我下意识地用被子捂住头，敲门声终于止住了，梦境继续蔓延。

不知过了多久，我猛地睁开双眼，打了个激灵，抓起手机看时间——8:30，天哪，我睡过头了，竟然比平时约定的时间晚了整整一个小时。我拍了拍自己的额头，开始手忙脚乱地把衣服套在身上，趿拉着鞋子跑去他们的屋子。

雨早停了，太阳清冷的光突破云层给人一丝凉气。一切都静悄悄的，静得有些过分，我有些不安。轻轻地打开他们的屋门，忐忑地走进去，室内一如既往般亮堂，只是里面也很静，Lucky 在睡觉，我看到桌子上放着一张便签——

　　帕姆，今天是安妮早起为孩子们做的午餐盒！起床后请跟我发条短信，我想下班后我们应该谈一谈。

字迹很深，看得出卡尔写的时候很用力。我急忙拿起手机，向卡尔发了道歉的短信，然后颓唐地坐在椅子上不知所措，鼻子有些发酸，为什么要晚起呢？这下得闹得多不愉快？

一整天我都在想这件事。想到几乎每晚都要失眠，想到每天早上起床时的煎熬，其实内心也有一丝委屈，我能感觉到这段日子以来自己的精神状态越来越不好。上午把工作做完，干脆躺在沙发上补觉，我总感觉自己需要睡上一星期才能恢复精力。

本来就觉得漫长的一天因为这件事变得更加漫长了。我盯着厨房的挂钟看着秒针一点一点移动，离下午 6：00 越来越近的时候，内心生了一股莫名的烦躁。

听到车响的声音，接着开门的声音，我急忙站起来，深呼吸一下笑着跟走进门的卡尔打招呼。虽然他有回应，可我仍旧能察觉到他在生气——脸紧绷，神情凝重，说话时极度不自然地微笑——这些让我觉得其实我们之间是有距离的，那些隐藏在我内心深处的卑微一下子爆发来，我问自己为什么要这样卑微？如果不是因为我"遇到南墙往上撞，撞个窟窿继续走"的人生信条，我想我早义无反顾地走了吧。如果不是因为暂时对生活的无能为力，我想我也早义无反顾地去了深山，然后道观青灯素衣度流年了。

　　他放下包稍作休息后，我们便一起准备晚餐。少了平时那些对话，连空气都有些沉默了。我想起爸妈生我气时的场景，除了彼此冷战，我还可以明目张胆地做各种不满的动作，比如把自己关在房间，比如不吃饭等。可是这个世界上除了父母外，没有谁再能容忍我的小脾气。在卡尔家，我要是敢生气，那后果便是收拾行李走人。我时刻提醒自己要隐藏自己的坏情绪。

　　晚餐如往常那样进行，气氛说不上来的诡异。顶着高压吃完晚餐，终于迎来了座谈会。我做好了各种检讨的准备。

　　"能说一说你为什么起床起晚了吗？"卡尔面无表情地问。

　　"对不起，我没听到手机闹钟的声音。"我抱歉一笑。

　　"那你需要一个闹钟吗？"安妮一笑，"我那儿还有一个多余的闹钟。"

　　"好吧。"我点了点头，想了想还是决定把失眠的事给他们解释一下，"其实，我每天晚上都无法进眠，通常情况下凌晨十二点或凌晨一两点才能睡着，所以，早上起床很艰难。"

　　"那你是不是因为晚上写作而影响睡眠呢？"安妮问。

　　"没有，我只有在实在无法入睡的时候才偶尔写会儿。"我回道，而关于自己害怕和经常做噩梦的事我不知道该怎样叙述。

　　"帕姆，你的准时工作对我们来说是非常重要的，安妮不可能每次都提前半小时起床为孩子们做午餐盒。"卡尔非常非常严肃地说。

　　我立即用十二分抱歉的语气回道："今天的事我万分抱歉，我保证没有下次了，我也不会给自己再次赖床的机会了。"

　　"那回头我把闹钟给你。"安妮说。

　　谈话终于接近了尾声，说了晚安，我才迈着沉重的步子慢慢向小木屋走去。

　　总之，这是一个令我烦躁而又懊恼的一天。

　　经历了这次晚起事件后，我觉得自己的神经比以前更衰弱了。我在手机上设置了三个闹钟，外加床头安妮送的闹钟，每天都会上演将近两个小时的人钟大战。第一次闹钟响会把我从睡眠中喊醒，然后我在半醒半睡间开始进行上班倒计时，直到最后一次闹钟响完，我就快速坐起来穿好衣服直奔他们的屋子。

你可以开车接一下我吗？

我的 Crazy Friend 曼妮准备离开丹麦了，据说要到芬兰创业。临走的前几天，她约我去参加一个华人中秋晚会。

以前听她提过这件事儿，没想到不知不觉间已经过去了半年的时间。

这半年我见她每天快速把互惠的工作做好，然后想尽办法发展自己的事业，开网店也好，准备去芬兰开相亲网站也好，总之，我感觉她是一个很聪明的女孩，早早便明白自己心中所想，并时刻朝着目标奋斗。再加上她有一双大大的桃花眼，笑起来带着南方人独有的气质，长得略微矮小，倒也很吸引异性的青睐。

通过和她的接触，我了解到她出生在一个山村，家境不是特别富裕，可以说她的父母除了供她读了书，并未对她提供过多的帮助。在这样的成长背景下，她二十几岁能发展到现在的水平，实属不易。也正是这样的事实告诉我，很多时候，决定一个人未来的因素并不是出身，而是一个人的奋斗，同时上帝也预留了更多门窗等那些想要改变人生的人。

毫无疑问，这个才比我大一两岁的女孩，不仅明确地规划了事业方向，还有不错的感情生活，在我眼中看来，是值得学习的。

我还从未参加过华人组织的活动，一是我下意识地排斥华人圈子，二是我不喜欢社交活动。有时候想想，像我这样喜欢离群索居的人，各种集体活动都会让我觉得厌烦至极，还不如约两名好友喝茶看剧聊聊意识流，哪怕窝在家里看本书也是极好的。不过，总体上来讲，我并不是一名孤僻的人，偶尔也会参加一些必要的活动。

比如这次曼妮邀请我去参加的华人中秋晚会。

中秋节作为中国的传统节日之一，对每一位华人都有特殊的意义。尤其是对离家在外的人来讲，能和几个说着母语的人一起庆祝一下，非常有意义。

上个周末，我有对卡尔提到中秋节吃月饼的习俗，他特意驱车带我去中国超市买月饼，却没买到，我一直觉得遗憾。当听说这次中秋晚会可以吃到月饼时，我开心了很久。

曼妮带着我坐了两趟大巴外加一趟火车，再走了很长很长的路，才到达举办晚会的地点——一个很偏僻的小礼堂。已有人比我们先到，一些小孩子围着家长打闹，离晚会开始还有半个小时。

等活动组织人到了之后，开始统计人员名单，他让大家写下各自的联系方式，同时把写有名字的便贴纸贴在大家胸前。接着，我和曼妮开始帮忙摆放桌椅和洗水果切月饼。

"你们在这边留学还是做什么工作？"有名老太太上下打量着我们问道。

"我们是 Au pair 互惠生。"我顺口回答。

"啊，我知道，我知道，就是住在人家里帮忙照看小孩的，对吗？"另外一个妇女凑了过来，大声嚷道，惹得周围的人都看向我们。

"就是保姆。"曼妮猛然说道。

我讪讪地看着她，对她的回答有些不满，"这工作听起来跟保姆有点相似，但实质上还是相差很多的，工作时长啊，工作内容啊……"

旁边的老太太和妇女开始不语，然后用异样的眼光继续打量我。

"你们是 Au pair 啊？"一名高挑白皙的女生挽着一名俊逸的丹麦男生走了过来，真是颜值很高的一对情侣，女生的黑色长发微微晃了一下，微笑道，"我留学之前也做过 Au pair，感觉挺不错的，然后留学后遇到我老公，现在过得也不错。"旁边的丹麦男生灿烂一笑。

"感觉做 Au pair 对留学帮助确实挺大的。"我忍不住说道，因为我也有了留学的想法。

"看你样子还小，今年多大了？"女生又问。

"二十二岁了。"我笑着回道，眼角余光却看到曼妮自嘲般扬了下嘴角。

"你确实还小，我都三十岁啦。"女生说完便和男友选了座位坐下。

没多一会儿，人已来齐，我扫了一眼全场，几乎全是拖家带口，年龄段分布在中年人和打闹的儿童，看不到同龄人。大多数人都和周围的人聊着各自的工作待遇家庭孩子以及怎样领取丹麦的福利，不乏跷着二郎腿优越感十足的人。

那名老太太和妇女不断用一种命令的口气指使我和曼妮，一会儿让我们去水池洗苹果，一会儿又让我们去搬月饼，接着又是切块装盘，一晚下来累得满头大汗。我有些不满，几十人的晚会，为什么就只有我和曼妮来准备这些？等把所有的食物派发给每个桌子，我才得空找了个位子坐下，此时盘子里的月饼已被"洗劫一空"。

看来这个中秋节我要遗憾到底了。

有人开始致辞，讲一些冠冕堂皇的开场白，又有人介绍了一些中丹组合的家庭，台下的人讲了几个冷笑话，出了几个灯谜，全场便进入到自由讨论状态。周围人又开始积极讨论各自的孩子，要么就和熟人聊八卦。

我旁边是一对年轻夫妻，经过攀谈得知，丈夫在这边做了一年多厨师，妻子持家庭团聚签证来到这边，他们把五岁的儿子也安排到这边读书，想要给他提供好的教育。在中餐馆工作，工时长且工资还被压到最低，一个月才一万多丹麦克朗，幸好丹麦福利好，一家人才勉强度日。

又想到不久前看到的新闻，荷兰的一些中餐馆从国内引渡黑工，这些人都是交了二十几万的中介费来国外做工的，老板不仅不给厨师们工钱还私扣他们的护照，每天十几个小时的工作量，饭不给吃饱还没钱拿，为了防止他们逃跑，工作之余就把他们关到潮湿阴暗的地下室……

旁边厨师的谈话又把我的思绪拉回，他说他想在这边考厨师证，到时候去丹麦餐馆应聘，他妻子也在努力学习丹麦语希望将来找份好的工作，我由衷地祝福他们。

我祝福那些努力奋斗的人都有美好的生活。

晚上十一点晚会才结束，小礼堂附近的公交车都没了班次，我们没有车的人，只好结伴走去火车站台。坐上回霍尔特的火车，阵阵困意和倦意袭来，今晚我似乎又撕开一层生活的面纱，让它露出更真实的面容。

到了霍尔特发现我错过了最后一趟公交车，如果步行回家的话，至少要半小时。我站在站牌旁，看着有些安静空荡的街头有些不知所措。最终还是没有勇气一个人走夜路，无奈之下发短信给卡尔求助，我记得他们一向睡得晚。

嗨，卡尔，请问你现在入睡了吗？我现在在霍尔特火车站，错过了最后一趟公交车，不敢走回去，如果你没睡的话，能不能开车接一下我呢？

卡尔很及时地回复了一条短信。

还没睡，你等一下。

没多久，卡尔驱车把我载回去。兴许是太晚的缘故，我难得见到沉睡中的小镇。在路上，卡尔问："帕姆，你今天过得怎样？中秋节晚会过得怎样？"

"挺好的，我还收到一份中国字画，受活动者之托要赠送给身边的丹麦人。"我从包里掏出来，"正要打算送给你们呢。"

"真的吗？太感谢了。"卡尔笑了一下。

很快车子开进家门停好，下车之前，卡尔突然说："嗨，帕姆，你知道吗，其实你今晚是可以打车的。"

"我知道了，下次会注意。"我点点头顿了几秒，说道，"今晚还是感谢你接我回来。"

我一直思考今晚自己的做法，似乎真的有些欠妥。不到万不得已，不要轻易地麻烦别人，这不仅是我的人生信条，也应该是西方人的生活习惯吧。只是站在站牌处时，我确实没想过要打车，兴许是他之前下班或出门顺路的话都会载我一程，我便下意识地向他求助了。

一个"顺便"和一个"刻意"，便把一种价值观展现得淋漓尽致。

不过，这个中秋节发生的事儿足以让我好好消化啦。也正是这些事儿，给我的价值观系统及时安装了补丁。

所有老人都曾年轻过，所有年轻人都将老去

　　每次见到托本这对喜气洋洋的老夫妇，我都由衷地开心。他们是卡尔的父母，对我来讲是慈祥的爷爷和奶奶。

　　我曾经在相册里看到过他们年轻时的结婚照，托本先生穿着正装目光深邃，托本妇人披着婚纱梨涡浅笑。虽说是老旧的黑白照却经起岁月的腐蚀与沉淀，最是那庄重一刻的定格才成了经典。

　　每每看到这张 20 世纪 30 年代的结婚照，再见到托本夫妇本人，我总是不经意地羡慕，在离婚率居高不下的丹麦，能携手跨过一个世纪，相濡以沫到迟暮之年的夫妇，真是少之甚少。

　　据说托本先生比托本夫人要大八岁，我经常从卡尔那里听到这个关于年纪差的故事。卡尔说如果倒退到二十年前，他还不觉得自己的父母有什么差异，但仅往前倒退十年，他就发现自己的父亲无论做什么都要比母亲迟缓很多，比如参加家庭聚会出门的那一刻，托本夫人永远要等托本先生僵硬地穿西装；比如去湖边散步，托本夫人健步如飞向前走，托本先生却拄着拐杖坐在长椅上喘气；比如托本夫人还可以参加舞会，托本先生却因为心脏问题去医院动了两次手术。

　　但卡尔又透露，别看他的父亲现在苍老发胖行动迟缓，头发稀疏花白，牙齿松动，甚至脸上还有老人斑，他年轻时却经常做一些疯狂的举动。比如二战刚刚结束，欧洲经济一片萧条，十六岁的托本特意坐火车从挪威来丹麦，就是为了看《乱世佳人》这部电影；比如冒着严寒驱车几天几夜，就是为了找块地滑雪；比如看到不错的湖泊就跳进去游泳。

听了这些外传，我的脑海中不禁浮现一张俊逸少年的脸，他是那样青春洋溢洒脱不羁。再联想到虽说已八十几岁高龄却终日面带微笑的老人，就觉得人生真是一场奇妙的旅途，该经历的事儿都会经历，该遇到的人一个都不会落下。

而托本夫人虽说也已年老，但她身材高挑清瘦，留一头齐耳短发，化着淡妆，看起来要比实际年龄年轻很多。每逢见到她，我都会无比羡慕地说她的身材保持的真好。她就会笑呵呵地说她年轻的时候，流行的却是玛丽莲·梦露那样的身材，女孩儿们拼命地想要S形身材，想要丰满一些，没想到老了当下社会却流行瘦。三言两语间便道出两个世纪的大众审美对女人的要求。

平时遇到卡尔夫妇有事，双胞胎也会经常去托本家吃饭，Lucky也会被寄养在托本家，怪不得每次托本夫妇来到卡尔家，家里都会热闹很多，一家人看起来分外亲昵。

后来有很长一段时间没见过托本，卡尔担忧地说他住院了，刚动了一场大手术，还不知道结果怎样。我不知道怎样安慰，卡尔叹了口长气感慨自己的父亲真的老了。

人总有老的一天，最重要的是曾经年轻过。

我可以原谅你，却再无法忘记

　　凯茜约我去她互惠的家庭玩。早就听说过她们家的两个小孩特别调皮，我也一直想见见。估计卡尔家的双胞胎是丹麦最乖巧听话的孩子了吧。

　　百闻不如一见，小家伙看一眼便觉得机灵古怪。这也是比较富裕的一家，房了是二层别墅，院中还有游泳池。据说这家人在哥木哈根走街开了家餐馆，同时还经营着一家小公司。

　　曾听凯茜说这家丈夫颇为大男子主义，经常与老婆吵架，把家里弄得乌烟瘴气。临近晚饭时间，见此人回来，我便有些拘谨。

　　他个子不高，头发棕色，身材发福，看起来不像爱运动之人。圆脸面无表情，看起来脾气确实不太好。不过，凯茜也说过，他只是看起来很威严，但做事讲理还比较容易相处。

　　"今晚我来准备晚餐吧。"男人走进厨房说道，"烤肉。"

　　凯茜一听自然乐意，不过补充道："我朋友不吃猪肉，请问这是什么肉呢？"

　　男人从冰箱拿住肉排，满脸笑意地看了我一眼，剪开包装，"当然是牛肉啦！"

　　一听是牛肉，我也放心了。随即继续和他家小孩玩捉迷藏。

"你为什么不吃猪肉呢？"凯茜和男人都在好奇地问我。

"从记事起我就不吃猪肉，看起来怪怪的，吃起来也很奇怪。"我解释道，其实我小时候什么肉也不吃，极为挑食，长大后才开始尝试吃一点点其他的肉，但也不能多吃，对猪肉却始终无法接受，一口都不行。

"那你能分辨出猪肉吗？"男人继续问。

"一般情况下，我闻一下气味便知道。"

"那放了很多调料后，你还能吃出什么不同吗？"

"一般情况下也能，除非调味料掩盖住猪肉的味道吧。"我其实不太喜欢讨论这个话题，我不喜欢吃肉，也不喜欢老是讨论各种和肉相关的话题。

看起来，"不吃猪肉"这个习惯让此人颇为好奇，他才如此多问题。

晚餐终于准备好啦，烤牛排、烤土豆和沙拉，这是在丹麦吃的得最多的晚餐类型。

切下一小块肉放进嘴里，不知怎地我觉得有一丝怪异，跟平时吃的牛肉似乎不同。我的食欲瞬间下降，只好先吃盘子里的土豆。

"怎么样？味道还可以吗？"男人笑着问。

出于礼貌，我则微笑着回，"挺好吃的，谢谢。"

这场晚餐，我吃得异常艰难，这牛肉的味道真的很奇怪。

一切收拾完毕，晚上在凯茜的房间，她突然再次问我："今天的烤肉你觉得怎样呢？"

"稍微有些奇怪，还好吧。"我揉揉肚子，"吃完胃有点不舒服。"

"你没吃出是猪肉吗？"她继续说，"家爸觉得你不吃猪肉可能是心理问题，你不主动去吃一次猪肉，永远不知道猪肉有多好吃，今晚他和我商量事先不要告诉你烤的是猪肉，就是为了让你突破你的心理关。"

"嗡"一下，我体内气血瞬间逆行而上，一阵反胃干呕，急忙冲到洗手池前各种漱口。

"你还好吧？"凯茜走过来问。

"你们怎么能这样？"我有些难过和生气，这也太不尊重人了，就算是一片好心也不能这样做啊！我甚至眼泪都开始打转，出于对他们的信任，就算肉的味道怪异，我也仍旧相信是牛肉。没想到，事情竟然是这样的！

伴随着整晚干呕，我的心情跌落谷底。也许我会原谅他们今天的所作所为，但我终生都无法忘记这件事带给我的伤害。

难度系数一颗星的丹麦语等级考试

我一直很喜欢这种上课方式，十几名同学围坐成一圈，老师站在中间给大家授课。

我的英语不好，时常跟不上老师的节奏。每次看到周围的人快速地记笔记，顺利地回答老师提的问题，丹麦语水平也比我高很多时，我便很着急。

丹麦语很难学，这是我在学了二十几节课后下的结论。

还好约翰对所有的学生一视同仁，见我跟不上节奏神游太虚时会放慢速度，还会不时问我一些小问题。这样下来，我学丹麦语的兴趣便依旧未减。

即便如此，我想，跟周围的人比起来我应该算是调皮的学生。课堂上，老师让我们用新学的单词造句时，我会故意造一些搞笑的句子，惹得大家一阵哄笑，我也会故意提一些好玩的问题让老师回答。有时候无聊时，我会在本子上涂鸦，有次的涂鸦画的是约翰，正好被他撞见，他笑了一下猛地喊我站起来回答问题，事实上还有好几个人才轮到我……

不知不觉间这个学期马上就要步入尾声了。约翰说要进行丹麦语一级考试，考试前的一周，他把要考的内容都发给大家，到时候会抽查其中的十个问题进行口语对话。他说只要认真练习，通过的几率很大。

　　丹麦语一级考试终于要开始了，我有点忐忑。吃完晚饭，我早早就乘车去了语言学校。

　　参加考试的同学都已到齐，一群人聚在一起叽叽喳喳聊着考试的事儿，都在想着会不会考试通过。

　　"听说这次考试若是没通过，明年就不能继续读第二级了。"有女生小声说着。

　　"真的吗？"我忍不住问。

　　"我也是听别人说的，不过，考完试，老师会跟我们讲的吧。"女生回答道。

　　我看了看旁边的露丝，露丝冲着我一笑，"帕姆，别担心，你肯定会通过的。"

　　"可是我英语不好，每次上课我都听得一知半解，虽然我不讨厌丹麦语，可是我学起来真的很吃力呢！"我仍旧有些担心地说。

　　"我都听别的同学说啦，真的很简单，就是问一些很简单的句子。"露丝再次鼓励着我。

　　考试时间马上到了。同学们按照抽纸条的顺序，一一走进老师的办公室进行面对面考试。没有轮到的同学都拿着资料抓紧复习，我也不例外，拿着平时的复习资料装模作样，真有一种临时抱佛脚的感觉。

　　看着前面的同学考试完都一副很轻松的样子，甚至有人还说考试内容实在是太简单了，自己肯定可以通过。看着他们脸上洋溢的笑容，我反而更紧张了。

　　"帕梅拉！"老师从办公室探出头，喊我的名字。

　　我急忙把复习资料装进书包，大步走了过去。踏进办公室的那一刻，我开始头脑发热，掌心冒汗。

　　"坐。"老师微笑着说。

　　我咽了咽口水，慢慢坐下。

　　"别紧张，"老师仍旧微笑着说，"你只需回答我五个问题就好了。"

　　"Hvad hedder du（你叫什么）？"老师随口一问，我知道考试开始了。

　　我和老师只隔了一张桌子的距离，我看了老师一眼，回答道："Jeg hedder Pamela（我叫帕梅拉）。"说完我觉得身上出了一层细密的汗，使毛衫紧紧地粘在身上，很难受。

　　"Hvor kommer du fra（你来自哪儿）？"老师的第二个问题响起。

　　我吸了口气回答，"Jeg kommer fra Kina（我来自中国）。"

　　接着又问了我"你住在哪儿""你做什么工作"和"你乘坐什么交通工具来学校"三个问题，都是课堂上经常练习的，我便全部顺利地回答上来了。

　　"好了，你通过考试了。"老师冲着我一笑，然后站起来跟我握手，"帕梅拉，恭喜你。"

　　"谢谢你，老师。"我终于松了口气，看来这次考试真的如传言中那么容易呢。

　　"考完试，我们就会放假啦，咱们下学期见。"老师仍旧在笑。

　　心里的石头终于落地了，我高兴地说："好，下学期见，拜拜。"

　　第一学期的考试内容似乎是简单的口语对话，只要学会五句就可以及格了。这是我第一次在丹麦参加考试，这样的考试方式挺新颖的，跟中国的考试一比，简直就是小巫见大巫。直到坐上回家的车，我还沉浸在考试通过的喜悦中。

　　没过几天，在"脸书"的班群里，我便看到大家在讨论这次考试，全班只有一名越南女生没有通过丹麦语一级考试，剩余的都可以继续第二学期的丹麦语学习了。

一起用餐吧，中国菜征服世界

　　见过很多次双胞胎学校组织的活动，比如曾有好几个下午安妮做沙拉和披萨，是要让他们带到学校参加聚会，比如我也见过卡尔找出睡袋和小孩一起参加学校组织的露营。

　　而在中国，学校除了开一场冷冰冰的家长会，几乎没有亲子类的互动。我多少有点羡慕这样的教育方式，真的很想体验一次。

　　所以放假前夕，当约翰说我们语言班要进行一次聚餐时，我很兴奋。约翰说下次去学校，大家都可以带自己做的菜，当然不会做菜的，也可以带餐具和饮料。

　　我计划好了带哪几道拿手菜，并且去超市采购了食材，足足准备了一下午。

　　待油热后，扔进几段干辣椒，伴着"滋溜""滋溜"的声响，放进葱姜蒜末，翻炒几下，再放入牛肉末，香气猛然释放，令人食欲大开，最后放进茄子块，加入调料爆炒，不一会儿，一道简单的家常炒茄子便出锅。

　　接着我又做了一道西红柿炒鸡蛋和改良版鱼香肉丝，分别装进三个保鲜盒，兴高采烈地去了学校。

以前在家很少炒菜，没想到在外却也能把自己练成一个做菜能手，我嘴角忍不住一扬，都是被生活逼出来的。

坐火车到了学校，发现同学们早已来齐，班级热闹程度不亚于国内学校的联欢晚会。

那些菲律宾女同学们似乎都精心打扮了一番，化着精致的妆。相比之下，我则素面朝天，少了一丝年轻人该有的活力。

大家把课桌在教室中央拼成一个圆，把各自带来的菜一一摆好。几名菲律宾同学合伙带来很大一盆炒米粉，泰国同学则带来一大盘烤蛋糕，立陶宛的同学则带来几只烤鸡腿，都是很大的分量，我的三道家常菜看起来非常小。老师带来一大瓶可乐和雪碧，还有餐具。

一时间我们的教室变成热闹非凡的派对。

约翰好像对我的中国菜期待万分，迫不及待地尝了我的炒茄子。

"哇，好辣！"他吃了一口忍不住笑着说，"但是我喜欢吃辣的食物。"

露丝也笑着说："帕姆平时做菜特别喜欢放辣椒，我还见识过她做的比这还要辣的菜。"

"因为我也喜欢吃辣。"我吃了一口她们做的炒米饭，忍不住说，"这道菜挺好吃的，感觉跟中国菜挺像。"

"其实感觉亚洲菜都差不多，比如你这道西红柿炒鸡蛋，我们在菲律宾也有类似的吃法。"另外一名菲律宾女生说道。

我们便开启了亚洲美食的话题。

约翰老师不停地吃，我注意到他对我的几道中国菜格外偏爱，几乎都要被他吃完了。有那么几秒我开始怀疑老师要举办这个聚餐的真正目的。

　　由于我们班聚餐动静过大，课间还有很多其他班级的人来蹭吃蹭喝。

　　后来，老师又借各种节假日的名义举办过几次班级聚餐，不过，由于精力有限，我便没像第一次那样认真炒菜，要么带饮料去，要么敷衍了事，每次约翰老师都会特意问哪道是中国菜，每次听到我没带菜的回答，他脸上还会微微露出失望的神情。每每至此，我便有一种自豪感，看来大部分丹麦人真的喜欢吃中餐呢。

　　有一次下课，一位同学跟我搭讪，问道："你们老师是哪位？"

　　"约翰。"我回道。

　　"他呀，哈哈哈，知道吗，你们班在整个语言学校很出名呢！"她眨眨眼，"经常举办聚餐，上次我还去蹭吃蹭喝了。"

　　我笑着表示赞同。

　　我有时候也会想，幸好互惠生还可以到语言学校学习，在结束了一天无聊的家务活动后，得以放松紧张的神经，同时还可以和不同国家的互惠生交流信息。

你也被老板要求做工作范围外的事吗？

很多家庭找了互惠生，自然会最大限度地给他们安排工作。卡尔家也不例外。

比如他家的大烤箱，我每个月都要彻底清洁一次。烤箱壁炉上密密麻麻地布满了乌黑的烧焦的食物，也有很多油渍，用再多清洁剂也清洗不干净。我只好拿着磨砂一点一点磨，每次清洁一遍，我都像刚蒸完桑拿。

某天，我在清洁的时候，卡尔站在旁边和我闲聊，他说在我没来之前，他们家的烤箱都是找专人一年清洁一次。在丹麦的这些日子，我早已渐渐明白大多数家庭找互惠生的原因，也渐渐地做好了各种心理准备。但听到卡尔这句话，我还是震惊了很久。

那时，我还不懂得拒绝，也分不清哪些工作属于互惠生的工作范畴，直到互惠结束，心中的疑惑仍旧存在。

临近冬天时，院子里总是堆满新的落叶，大门后的那排灌木丛里的早已腐败的陈年落叶便又厚了几分。卡尔开始让我扫落叶。

冰冷的寒风刺在身上，我拿着用不惯的耙子似的扫帚艰难地从小木屋一路扫到大门外。有时候下着雨，落叶黏在地面上更是很难扫干净。每次完工，那些落叶都会装满门前的两只大垃圾桶。有打门前路过的人，都会频频望向我，这种张望让我有些不适，每每至此，我都感觉自己是名清洁工。

朋友听说我每周都要打扫院子时，都会义愤填膺地说室外的工作不属于互惠生的工作范畴。后来，我去丹麦移民局官网仔细阅读了互惠生的条款，上面写着户外的工作互惠生可以帮忙，但应该和家庭一起完成。所以，我开始有些不开心。

后来，卡尔他们发觉了我的情绪，再打扫院子时，卡尔便会象征性和我一起清理清理落叶。

只是互惠生的工作范畴真的很难定义，工作时间也很难保证不超时。因我之前没有互惠的经验，和家庭谈条件是我的弱项。不过，我想了很久，计较太多只会让自己不开心，不如睁只眼闭只眼，只要不是太过分的工作，我能做就做。

接着卡尔让我踩着凳子举着吸尘器清洁屋顶上的灯泡我答应了，卡尔让我去剪梨树枝我也答应了。剪梨树枝时，卡尔终于说："我知道这不属于互惠生的工作范畴，真的很感谢你能帮我。"

往后的日子，便再没过分的任务安排给我。

当全世界都为我放慢脚步

　　一次睡过头便让我胆战心惊，害怕被炒，害怕再次换家庭，于是我拼尽全力去做好他们安排的每份工作。我用拖布清洁不干净地板，便趴在地上用手拿着抹布擦……终于在一段时间后得到了卡尔家的认可。

　　很快便到了我在丹麦的第一个十二月。

　　某个周五的晚餐时间，窗外已经黑压压的一片。

　　"帕姆，你这个周末什么计划？"安妮一边吃沙拉一边问我。

　　我停顿了一下，"也许待在家里写作吧。"

　　"为什么你总是不出去？你来哥本哈根也三个多月了，你去过皇宫，去过美人鱼那里吗？你哪儿都不去，那你互惠有什么意义呢？"安妮似乎有些激动。

　　她说得很有道理，只是独自一人出去玩，我有些犯怵。我深呼吸一下，想着约谁。

　　"现在大街上为了迎接圣诞节，都装扮起来了，你应该出去看看。"安妮继续说。

　　"如果明天天气不错，我要和朋友一起玩。"我笑了一下。

"你早应该出去看看了。"安妮抿嘴一笑。

我也笑笑。

除了我本身比较宅外，最大的原因是我缺乏锻炼，身体素质比较差，平时工作已经让我筋疲力尽，一有空闲便想闭目养神。同时外债确实是我的一块心病，只有了结它，我想我才可以肆意外出走走吧。

不过，安妮说的对，我应该抓住现在的机会，好好看一下丹麦，莫要辜负了这来之不易的机会。以后有机会一定要多出去走走。

周六大清早，我便整装待发。看着难得一见的阳光，我心情也难得的舒畅。卡尔见我满脸高兴的样子，还把一部相机借给我用，看来不仅是安妮，卡尔也挺支持我外出走走。

严格意义上来讲，这应该是我第一次正式逛街。跟以前那种匆匆忙忙路过某个小镇、某家店的感觉不同，这次可以慢慢悠悠地去最繁华的市中心走走，就像全世界都为你放慢了脚步。

我不认识路，也没有地图，所以一天下来，我都在哥本哈根市区"瞎"逛。没有想到要去什么景点，也没想过一定要去那个博物馆，就是这样很随意地走一走，很随意地感受一下大街上的人。

教堂门口一排流浪艺人拉着手风琴，打着手鼓，旁边的鸽子扑棱着翅膀，给这条老街道增添不少情趣。很多店家都摆上了圣诞树，商场里圣诞老人开始招呼顾客，Tiger 里面购买包装纸和圣诞装饰品的人更是络绎不绝。

有牵手的年轻情侣在 Tivali 门前合影，据说这是这里最大的游乐场。还有在利用等红绿灯的空当，站在街头读报纸的老太太，兴许是天冷了，她戴着皮手套，也兴许是眼花了，鼻梁上架着一副金丝边眼镜，无论身边的人怎样躁动，似乎都没有影响到她丝毫。

　　走着走着，前面映入眼帘的明明是一尊金色雕塑，却没料到它突然动弹了起来；斜对面一名挺着大肚子的女生戴着夸张的大胡子在扮演男生；不远处，一名中东人盘坐在地上，单手仅用一根木棒便托起另外一名同样姿势的中东人，若不仔细看，还以为他悬浮在空中……这些便是传说中的街头艺术了，路上好奇的行人纷纷拍照留念，我也忍不住看了又看。

　　天很快黑了下来，虽然我穿着羽绒服，仍感到了夜晚的寒气。

　　坐上回霍尔特的火车，即便我感到很疲惫，但内心却很开心。觉得一个人出门走走，除了能更多地看一眼这个世界外，还给了自己一个独立思考的时间。

食物是一场乡愁

　　出门在外，离家万里，谈到思乡情愁都会化作舌尖贪恋的味道。家乡食物的味道就像一根隐藏的神经，总是在不经意间轻轻扯动，让人口水一泻三千尺。

　　在丹麦的日子，我把北方的包子、饺子、烙饼和打卤面念叨了无数遍，仿佛念叨出来，口中的味蕾就可以消停片刻。但远水总是解不了近渴，我对中华美食的怀念开始遍布大江南北，重庆的火锅、麻辣烫，上海的烧卖，沙县的米线，甚至还有安徽的牛肉板面，保定的驴肉火烧……

　　我忍不住在 QQ 空间和微博一遍遍刷着"我想吃"的状态，众好友纷纷前来安慰说哪天我回国，请我一一吃个遍。但我的味蕾绝不会容忍我坚持到那一天。

　　我开始在当地的华人网站搜索各种美食，终于在某天发现一个小小的开张启事，内容很简单，寥寥几字——本店于本周六正式推出煎饼和现磨豆浆，欢迎品尝。这无异于在漆黑的夜晚看到一星光，我赶紧拿纸笔记下地址，约了一名在北京面签时认识的女生埃莉萨周六前去此地吃煎饼。

一个这样的决定让周六变成了望眼欲穿的日子，我百分百认定只要在这天吃一口煎饼，我的食欲便能得到极大的满足。

周六如期而至，套上毛衫和风衣快速出门，才发现天气极为阴沉，时不时吹来凛冽的风，我只好重新套了件羽绒服。路过卡尔家门窗时，看到安妮敲了敲玻璃，对我说道："帕姆，今天可能会下雨，你出去要不要带把伞？"

我想要吃煎饼的心都要跳出来了，笑着摇了摇头，便小跑着去赶公交车。只是没想今天的风如此猛烈，挎包被风甩向我身后，我吃力地逆风而行。

在哥本哈根火车站中心，我和埃莉萨见面后，便直奔目的地，却没想到此地址过于偏僻，问了很多人几乎都指错了路。兜兜转转，历时三个小时，走得又累又热，我们仍没找到这家煎饼店。

忽然间，大雨倾盆而下，刚走到天桥中央的我们无处躲藏，被浇成了落汤鸡。

"前面不远处有家商场，我们进去躲躲雨？"埃莉萨提议。

我左右望了几眼，发现我们现在的位置到商场和刚问到的地址是一样的距离，所以，我忍不住说："反正往左去商场，还是往右继续寻找这家店，都要穿过一条街，不如我们往右走吧！"

说完雨下得更猛了，我把羽绒服上的帽子戴好，飞速向右跑去。埃莉萨紧随我身后。穿过这条街，拐进小巷子时，我的羽绒服已经湿透，我忍不住打了几个寒战。还好眼前出现一排排小餐厅，类似于国内盒饭外卖的阵容，我嘴角忍不住上扬，应该就是这个地方啦。

果真再往前走了一两百米，一家名为"中华煎饼"的小店映入眼前，红色的 Open 灯牌一闪一灭。我和埃莉萨相视一笑，推门而入，一股熟悉的味道袭面而来。

"小姑娘，来一份煎饼豆浆？"一名带着白色厨师帽的瘦小阿姨用满口的天津腔笑盈盈地说，"不过你们来早啦，得再等半个小时。"

"阿姨看在我们从霍尔特大老远跑来的份上，能不能提前给我们做？"我眨了眨眼跑到窗口看，一口圆圆的黑色平底煎饼锅，旁边的不锈钢桶里装着和好的面浆。

"呦，那确实够远的，我现在就给你做。"阿姨也是个爽朗的人，说完快速戴上套袖，打开火炉，舀了一勺面浆，开始做了起来。

我和埃莉萨把湿嗒嗒的外套挂在椅子上，开始环视四周。

店面虽小但生意应该不错，因为洁白的墙上有不少华人食客题的字联，还贴着一则从丹麦报纸上剪下的新闻，大致内容为丹麦第一家煎饼店深受当地人的喜爱。

我猛然想起什么，对阿姨讲："阿姨，不要在我的煎饼上涂任何酱料，放点咸菜就好了。"

阿姨停下手中的动作，抬头看我，"小姑娘，我家没咸菜，那给你放点酸菜？"

"好吧。"我点点头，还没来得及说什么，阿姨的先生从后厨走了出来，"豆浆好了。"

同时，阿姨手中的煎饼也完工。

我和埃莉萨找了位置坐下，喝一口久违的豆浆，咬一口想念很久的煎饼，让我觉得自己还未离青葱年华远去。读书时也好，初入社会也罢，早上排队买个紫米煎饼早已成为习惯。摊好的面皮上再摊匀一枚鸡蛋，撒上一层香菜、咸菜和花生碎，最后再裹上香酥的脆皮和油条，这样的搭配简直堪称人间美味。

人越长大离家越远也越怀念乡味，那种简单却形成自我印记的味道。

在丹麦能吃到一口自己喜爱的食物，不得不说是多么幸运的一件事儿。煎饼和豆浆驱走了我和埃莉萨的寒冷，此时窗外的雨恰巧停了，开始有食客前来，小店猛地热闹起来。

"老板，包子好了没？"有客人一进门就大喊。

见状，我急忙凑到窗口，买了几个刚出炉的天津狗不理包子带回去给卡尔一家人尝一尝。

后来，我又断断续续认识了几名新朋友，每一位都被我带来吃过一次煎饼，喝过一次豆浆。这家店简直成了我们到哥本哈根时的必到处。

现在回想起当天，所有的活动都记不清了，唯有我冒雨去吃煎饼的细节清晰不已。在异国他乡，那种对平时爱吃的食物的渴望，那种吃不到一直流口水且魂不守舍的感觉，我永远忘不掉。

Merry Christmas

在中国，圣诞节越来越流行，不亚于传统节日在人们心中的地位。

12月份中旬，卡尔一家人便开始购买圣诞节用品，比如礼物包装纸、圣诞树装饰品等。卡尔家的屋檐上挂上了一圈小灯泡，夜色一暗就会亮起来。家里随处都能见到已包好的礼物。他们的双胞胎小孩放学后还会折圣诞花。客厅中央摆着的圣诞树也早挂满了各种挂件。

圣诞节前一天应该是卡尔夫妇一年中最忙的一天，这天他们要准备很多食物，要招待双亲和彼此的兄弟姐妹。安妮几乎从上午便开始准备，一直到下午客人陆续到齐时，才算把所有的食物准备好。沙拉、烤牛肉、烤鸡、圣诞餐、冰淇淋等摆了很多。

西方人吃饭用各种盘子和刀叉，喝酒、喝茶、喝水、喝咖啡的杯子又各不相同，所以餐具换了一批又一批，洗碗机也一直没停。

吃圣诞餐时，安妮说里面藏着一个神秘的东西，吃到后不要咽下，要含在嘴里证明给大家看，便会得到一份圣诞礼物。据说吃到这个东西的人，来年会很幸运。我不知道圣诞餐的习俗，更不知道这个神秘的东西是什么。直到最后也没人吃到神秘的东西，安妮说不可能，明明放了花生。我这才恍然大悟，原来花生就是那个神秘的东西，我正好咬碎了一半，即便如此我还是得到了一份礼物。安妮的爸爸故意假装嫉妒地说往年的花生都是他吃到的。

离零点越来越近了，大家便手牵手围着圣诞树一边唱圣诞歌一边转圈。淡淡的烛光映在每个人脸上，显得那么幸福。来回围着圣诞树转了三圈后，大家开始手牵手唱着圣诞歌穿梭在每个房间，祈福来年幸福，就这样迎来了圣诞节。

这时便是拆礼物的环节了。圣诞树底下的礼物堆放成了小山，每份礼物都满载祝福，每个人都会收获很多。我也收到很多各式各样的礼物。

虽然这次圣诞节已离我远去，但是那份温馨却始终萦绕在我心间。

中国人过节，一般都是亲朋好友聚在一起吃吃喝喝，却很少有家庭会手牵手在一起唱歌跳舞。所以，中国人过节，亲朋好友之间总隔了那么一层纱。

新年快乐说给朋友听

露丝是我的语言课同学，来自菲律宾南方的某省，比我大四岁。她之所以成为我的朋友，其实是因为我主动搭讪的。

班里很多菲律宾女生，一眼望去，性格参差不齐。我觉得露丝是最面善的一个，她看起来非常大气温婉，而我喜欢跟这样的人相处，因为我一看就是脑瓜不灵光型，平时做事直来直去，若是跟其他性格的人在一起，容易引起大爆炸。所以，上课的时候，我总是挑她旁边的座位坐，趁机套套近乎，还顺便互留了电话号码。

学校放年假前，安妮便对我讲过元旦的事，她说在丹麦元旦一定要和自己的朋友过，到了那天晚上，他们一家人会去朋友家玩，然后提醒我要记得提前约朋友。

我第一时间想到了露丝，便发短信邀请她跟我一起过元旦，她痛快地答应了。

很快到了元旦前夕，卡尔一家人还不到下午六点便收拾好一切，拎着瓶红酒准备出门了。我也准备要出去玩，这时安妮突然喊住我。

"帕姆，今天你会在家吗？"她问。

"我还不确定呢，可能在家，也可能不在家。"我回道。

"噢，如果你在家的话，我就不把 Lucky 送到卡尔的父母家了，要不留 Lucky 自己在家，没人管它……"安妮这样说道。

我一听，反正自己晚上回来的可能性也是 99%，不如就干脆早点回来好了，于是便说道："那今天晚上我和朋友在这儿跨年好了。"

这时，安妮似乎满意地笑了笑，语气也松了很多，"那祝你们今天玩得开心哦，九点之前给 Lucky 喂点狗粮就行啦。"

我点了点头，便先一步出门了。

到了哥本哈根火车站，露丝已经在等我了。拥抱了一下，打了招呼，我们便一起坐车去了她姐姐乔伊家。在火车上时，我送给露丝一套丹麦 MATAS 超市自产的润肤乳（圣诞节时，卡尔的父母送我的，但是我有一套同款的，便决定转送给露丝）作为元旦礼物，看着她惊喜的模样，我觉得非常开心。

乔伊和一名丹麦男人结婚，住在 F 镇上的一家公寓里，怀孕八个月。

这是我第一次到住在公寓的丹麦人家里去。

公寓虽是两室一厅一厨一卫，但每个房间的面积都很小。一走进门，便看到挺着大肚子站在狭小厨房里做菜的乔伊。乔伊也是很温婉的人，但露丝更漂亮些。

乔伊的老公正准备出门，要去买些食材，今晚会有朋友过来。匆匆打了招呼，我和露丝便立即钻到厨房帮忙。

乔伊一边炒菜一边笑呵呵地和我聊天，问我在丹麦多久了，过得怎样等等。

我一边回答一边看他们贴在冰箱上的笑得很幸福的照片，内心不禁一阵羡慕。人这一辈子，遇到一个倾心的人，有时候真的很难，遇到后再携手步入婚姻的殿堂更加不易。

可能是见惯了卡尔很体贴安妮的样子，我看着乔伊挺着大肚子做饭的样子多少有点不习惯。不过，见怪不怪吧。

煮着的米饭没多久就好了，乔伊准备做寿司，露丝和我便帮忙洗菜切菜什么的，她则拿醋拌米。等露丝的姐夫和朋友回来时，饭已经做好，此时已经接近七点，我和露丝便决定回卡尔家。虽然他们一直留我们跨年，但露丝还是坚持陪我去。

我们利用在哥本哈根转车的空当去了下一站的天桥上，露丝说会有烟花。

平时来这里都是白天，夜晚站在这里眺望便是不停闪烁的星星灯光，像每个都市的夜景那样璀璨。天空中果真瞬间燃起了烟花，很多人驻足观望。我想肯定有那么几秒，时光是静止了的。

这是 2012 年的元旦，我和露丝不停地快乐地嘀咕着"新年快乐"，想着各自的新年愿望。

回到卡尔家时，我看到餐桌上放着两顶银色的礼帽，还有一张纸条，上面写着新年快乐。我不禁莞尔一笑，真可爱。

接着我和露丝开始做菜，也顺便包了点寿司，冲了咖啡，吃着冰淇淋，就像两个快乐的犯二小青年那样到处乱窜，一会儿摆个造型拍几张照，一会儿又哈哈大笑很久。我想和 Lucky 合影，结果它却极度不配合，跟个扭捏的小屁孩般故意把头甩到一边不看镜头，还好，最后抓拍到几张不错的。

这种简单且不需要理由的快乐，一直蔓延到深夜。

我觉得无论生活在哪儿，人总需要几个聊聊内心话的朋友。不需要很多，一两个就好了。虽然，那时我的英语不流畅，还好露丝没有嫌弃我。

　　这种没有利益冲突的友谊关系，在异国，真的弥足珍贵。这种最单纯的快乐，更是少之又少。感恩这段故事里的露丝，陪我度过在丹麦的第一个元旦。

感恩生命里的每一份善意

元旦过后没几天，便是中国春节。我之前有跟卡尔提起过中国春节，他便时不时问上几个关于春节的问题。

那天下班后，我们在厨房准备晚餐时，他一边在鸡肉上撒调料一边和我聊天。

"听说你们中国人过春节一定要在门口挂红灯笼和贴对联？"他好奇地问。

"其实也不是必须这样做，有的人家就不挂灯笼和贴对联。"我笑着解释。

"听说你们中国人都吃狗肉？"卡尔随口问出。

没想到卡尔也这样问，我思考了几秒后也随口问道："听说你们丹麦人吃孔雀肉？"

卡尔立马满脸诧异，有点窘迫地说："丹麦人不吃孔雀肉，你听谁说的？"

"哈哈，我朋友琳达亲眼看见的。"

"那可能是一种像孔雀的火鸡吧，有的丹麦人吃火鸡的。"他急忙申辩，生怕吃孔雀肉有损丹麦人的形象。

"也只有一小部分中国人吃狗肉，反正我不吃。"我一笑，把话题一转，"这个周末，我想邀请两个朋友来家里过春节，一个是露丝，陪我过元旦的那个菲律宾女生，还有一个是新来丹麦做互惠生的中国女生艾比，你觉得怎样？"

"好啊，没问题，需要我们跟你们一起吗？"

"如果可以的话，你们也在最好不过了。"

很快到了周末，露丝和艾比准时到了，我们开始和面包饺子，切菜炒菜等，忙活得不亦乐乎。因为没有小擀面杖，我们只好用擀披萨的大擀面杖擀饺子皮，面粉也不小心买成了面包粉，所以，看着我们包的奇形怪状的饺子，我们三个哈哈大笑了很久。

为了纪念这一刻，我们又是拍照又是录像的，当然也没忘记打越洋电话给彼此的父母拜年。

卡尔一家人时不时过来看一下我们，末了，安妮问道："我母亲和她男朋友想来尝一下中餐，可以吗？"

"可以啊。"

见我们同意，安妮急忙开心地回复电话那头的母亲。

这样一来，到了中午开餐时，围了一桌子人。

做了一桌子菜，出乎意外的是卡尔一家人都比较喜欢吃饺子。不过，这次的饺子有点失败，我想将来有机会一定要重新包一次给他们吃。

在中国的大城市里很少看到教堂，更别说每周去教堂做礼拜唱诗了。艾比跟我一开始来丹麦时那样对教堂很好奇。因为是周日，我们庆祝完春节便跟着露丝去另外一个镇上的教堂做礼拜。

元旦下的那场雪还没有融化，霍尔特街道两旁白皑皑一片。迎着冷风走到半路时，天又下起了蒙蒙细雨，但这样的天气也无法阻挡我们的兴奋。

教堂底下坐满了人，一眼望去，大多都是菲律宾人。礼台上有乐队在弹唱灵歌，底下的人便跟着合唱，众人的歌声让我感受到了鼓舞人心的力量。看着这群基督教徒浑身散发出找到归属的感觉，我突然也好想能有信仰。

从教堂出来回家时，天色已晚。路灯发出淡淡的光，这条回家的小路静幽幽的。积雪在我和艾比的脚下"嘎吱"作响，忘记是谁起的头了，我们唱起了《歌唱祖国》，唱了一遍又一遍，直到我们到家。

艾比才来丹麦一个月左右，向我倾诉了很多她和家庭之间的小摩擦。她很羡慕地说卡尔一家人对我很用心。其实，互惠生和家庭相处需要很多技巧，要不很容易产生摩擦。

在丹麦，很多家庭都和互惠生分得很清，甚至有的家庭都不和互惠生同桌吃饭。很感谢卡尔一家人一直以来都在照顾我的感受。也很感谢他们愿意牺牲自己的周末陪我过春节，让我在异国过的第一个新年有了非凡的意义。

这个春节让我慢慢地学会了感恩。

流落哥本哈根机场的中国互惠生

外面的积雪还未融化彻底，这里的气温依旧偏低。

周日，我逛街回来时，天已经黑透。第一件事就是甩掉鞋子打开电暖气，再关上门，尽量让自己的小木屋暖和起来。跳上床，裹着被子，打开笔记本，中介的 QQ 不断跳动。

从第一个家庭要炒掉我，我跟中介反映情况后，这么久的时间内，他们从未联系过我。不知道他们这次为什么突然联系我。

点击消息，一条条信息让人应接不暇。

盼利，你在吗？

打你电话一直打不通！

现在有个从咱们这里出去的中国女生和家庭闹了点矛盾，好像家庭把她炒掉了，她一气之下拎着皮箱离家出走了！她现在人在哥本哈根机场，一整天没吃饭了，身上也没钱！

你能不能去机场接应一下她？她也没电话，别再出什么意外！

……

看完这些信息轰炸，我头有些变大。我一直很讨厌中介，他们的烂摊子我才不想管，但我知道有个女生出事了，不管的话，良心会不安。

虽然我决定要帮一下这个女生，但还是要忍不住呛中介几句。

我：你们不是在国外有跟踪服务的吗？你们的服务人员呢？

中介：……

我：之前一直隐藏各个报名者的联系方式，就怕我们聚在一起，了解更多信息，现在出事了，就不怕我们联系了？

中介：……

整理了一下思绪，又开始犯愁。晚上除了去上课，还没有去过更远的地方。哥本哈根机场在什么方位，我还有点不清楚。在网上查了路线，发现离我住的地方好远。

我怕自己也出什么状况，比如坐错车啊，下错站啊什么，便打电话给我的菲律宾朋友露丝，还好她答应跟我一起去接这个女生。

暂且叫这个女生萝拉吧。

如果要把萝拉接到家里来，得跟卡尔一家人商量一下。此时已经晚上 9:00 左右，卡尔家的窗子如往常般黯淡了。我发短信给卡尔——

> 嗨，卡尔，我有个中国女生朋友，她被家庭炒掉了，现在无地可去，我能把她接过来住一晚吗？

直到我坐上了去哥本哈根的火车，卡尔都一直没有回复我的短信。平时，我发短信，卡尔都回复地得很准时。

在哥本哈根火车站和露丝汇合后，已经将近十点，再在她的陪同下到了哥本哈根机场时，差不多又过了半个小时。

根据中介提供的信息，我们在哥本哈根机场的信息服务台找到了萝拉。

打了招呼，简单地了解了一下情况，想到她还没吃东西，我们就近找了麦当劳，买了咖啡和汉堡。

已经晚上十一点，卡尔仍旧没有回复我的短信。

我只好跟露丝商量，由于太晚了，我和萝拉暂时到她家过夜，明天再想怎样帮助她。

从露丝家离开的时候，天刚擦亮，小镇还有些冷清，就连站台也很冷清。站台两旁的金银木依旧挂满一簇簇火红小果子，还有远处大片大片发黄的叶子。小火车由远慢慢驶近。

空荡荡的车厢内，我和萝拉面对面临窗而坐，互视几秒后，萝拉开口道："你应该忘记我是谁了吧？"

我的确不记得眼前的女生，便稍微有些尴尬，嘴角抽动几下，顺带摇了摇头。

女生见状继续说道："我们在中介曾有过一次照面，那天你急着去赶飞机，我们就互留了 QQ，我一直关注着你。"

看着她漂亮的眼睛，我的记忆被渐渐拉回，想起这么一个人，但仍旧对她的模样没有印象，只好讪笑一下，"嗯，我想起来啦。"

然后低头看一眼手机，无任何短信提示。忽而间，我觉得身在隧道中，火车飞速驶过一站又一站。听到霍尔特站到了的提示音时，我担忧地望着窗外，深深叹了口气，才走了出去。

坐在公车上，我和萝拉一路沉默，除了本不熟悉夹杂着的陌生感，最主要的原因是昨晚我们没休息好，都靠着座位眯着眼补觉。

还好，我终于在早上六点半之前，把萝拉带到我的小木屋，让她有机会和家人联系，和中介联系。简单安顿一下她，我便快速跑去卡尔一家的房间。还未来得及准备小孩的午餐盒，穿着睡袍的卡尔走到厨房，面带愠色地说："帕姆，你今天应该放假一天！"

我一愣，"为什么？"

"你朋友在这儿，不是吗？你应该把她的事儿处理好才可以上班！"他挑着眉，我仍旧看出了他极力想要隐藏的愤怒。

"我的朋友只需要借用一下我的网络，只需在我的卧室待着就好。"我解释道。

"你今天就休假一天吧！"穿着睡袍的安妮也走来，把喝完的咖啡杯放进水池，"当然不是带薪休假！"

我只好无奈地点了点头，然后有些沮丧地回到小木屋。推门的瞬间，萝拉正在和中介语音商讨怎样解决当前状况，中介指责了她一番后说会帮忙联系新的家庭。

中介一直强调萝拉有问题，说她太冲动了。

我当时也在想假设哥本哈根没有我，没有任何中介可以联系上的人，这种情况下，她该怎么办呢？

一直到天黑，萝拉和中介之间才消停，但没任何进展。接着致电她的父母报了平安，我们刚欲喘口气，露丝发短信给我说她联系了互惠生救助中心，可以帮萝拉联系一个暂时收留她的家庭。

一切安排妥当后，我紧张的神经依旧未来得及松弛，便收到卡尔的短信——帕姆，明天我们好好谈一下。我一下子便瘫在床上。

天，又来？此刻的我，思绪一团乱麻，没想到只是单纯地想帮萝拉一把，会让自己陷入一种困境。我想了很久，也理不出一点点头绪，干脆打开电脑写一封邮件给卡尔。

　　亲爱的卡尔：
　　对不起！

　　我认真想了想，发现自己的做法确实不妥。萝拉初来这边，还未来得及去移民局申请永居，而她又是冲动之下离家出走的，假设移民局查找起来，我这样做会给你家带来不必要的麻烦。

　　我想方设法也要帮助她的原因是我和她都是被中介骗到丹麦来做互惠生的，中介告诉我们互惠生是住家家教，平时教小孩汉语，等我们来到这里才发现情况截然不同，萝拉平时照顾的是一名智障儿，小孩经常对她拳打脚踢，萝拉向家庭的妈妈反应情况，家庭的妈妈却倒打一耙，甚至，家庭的妈妈把她的行李扔到门外，她才一气之下选择离开。

　　本来我不打算将我们被骗的事儿讲出来，但现在我还是选择坦诚相待。

　　经过这段时间的互惠生涯，我终于明白了互惠生的真正工作性质。以后我会调整心态，积极把工作做到完美。

　　所以，也请你原谅之前我没能达到你们的要求，也请原谅我坚持帮助萝拉。之后再遇到这样的事儿，我会三思而后行。

　　　　　　　　　　　　　　　　　　　　　　　　帕姆

　　待鼠标轻轻点击发送键，窗外早已漆黑一片，漫天的星辰散发着点点银光，松树的枝丫随着风轻轻摆动，我在书桌前站了良久，才放下窗帘，准备入睡。

　　第二天，卡尔和安妮都早早去上班，几乎没怎么打照面。下午俩人很早便回来。

于是家庭讨论会如期进行，跟之前一样的坐姿，一样的咖啡杯。

"帕姆，你昨天明明没有收到我的短信回复，为什么要把你的朋友带回来？"卡尔呷了口咖啡。

"我并不是晚上把她带回来的，只是白天借她使用一些网络，天黑后也已经拜托露丝向互惠生帮助中心求助，萝拉现在在一家义工家庭里。"我解释道。

卡尔微微一笑，"但是你从未想过你的做法欠思考吗？跟上次你邀请一名陌生互惠生来家里喝茶一样，你是一个成人了，应该要多一些安全意识。"

卡尔的话让我无言以对，我也意识到了自己的毛病——热血且喜欢相信人。中介这件事应该让我吸取教训了。

"我以后只会邀请认识很久的朋友来家做客，同时也不会再意气用事啦。"我歉意一笑。

"关于你的邮件……"卡尔颇为吃惊地一顿，"虽然不知道你为什么选择告诉我们，但还是谢谢你选择相信我们！"

"那被中介骗的人多吗？"安妮睁着大大的眼睛问我。

我点了点头，"据我了解，光哥本哈根就有五六个被骗的。"

安妮张大嘴觉得不可思议，一时间我们都陷入了沉默。

卡尔望了望墙上的钟，"那我们今天先谈到这里，我要去遛狗，你去吗？"

"当然。"我把桌子上的杯子放进洗碗机，然后穿好鞋子一起出门了。

夕阳的斜晖把天染成了粉红色和橘黄色，但却罩着一层冷空气，我缩了缩脖子。跟着卡尔去遛狗，偶尔聊一下中介的事儿，聊一下萝拉的事儿。卡尔恢复了往日的幽默，谈笑间那种令人窒息的紧张感也随之消失。

事情似乎就这样结束了。

所以，晚上收到露丝的短信说互惠生救助中心已帮萝拉找到了新的家庭时，我分外开心，觉得这件事还算圆满落幕。

我婉言拒绝了中介提出给我报酬的要求，同时想到萝拉在哥本哈根机场时说已身无分文，我便对中介提议不如把想给我的报酬给萝拉。但帮助萝拉产生的交通费等，我还是向中介报销了。

三个人吃饭和火车票等加在一起，折合人民币约合一千左右，我请中介打到我信用卡还一下贷款。事实上，所有的费用并没有达到一千块，因为我用的是火车打卡票，要比单次购买火车票便宜，但我却按单次购票的价钱报销的。毕竟每次去购买火车打卡票都是一件浪费时间精力的事儿，再者其实前后价钱也差不多，对中介来讲也并不过分。

只是没想到这件事，将来还发生了一段插曲，着实令人意外。

遇见丹麦的漫漫长冬

不得不说丹麦的冬天分外漫长且寒冷，终日鲜见阳光且刮着大风，让人心情非常压抑。于是这似乎成了我嗜睡的绝佳理由。

憋得实在无聊了，我便会去森林走走，放松一下心情。

那天清晨，空气清新，太阳也难得挂在天边露出了慵懒的笑容。我牵着Lucky走向森林时，又途经那棵杵立在空阔原野上的金银木。

有"啪啪啪"的声音从上到下，透过大树的枝丫传来。我忍不住停下脚步看了几眼。这棵树长满了红色的小果实，各个饱满晶莹剔透。刚才的声响就是果实落在地上和砸在树枝上产生的。在发黄的树叶间，有几只鸟跳来跳去，还时不时发出悦耳的叫声。果实掉落得更多了，于是不断有鸟扑棱着翅膀飞来。我看着诱人的果子，忍不住捡了几颗放进口袋。

森林里的植被看起来都变成了暗灰色，守着湖的那片地里的蒲公英早已消失不见，因此那一大片土地略显光秃。幸好那些松树还努力给森林添加一抹绿色。到了森林深处，Lucky开心地东闻西嗅，一只小狐狸在丛林中出没，它立马像打了鸡血般冲了上去。一路上伴着湿泥的味道，一人一狗徜徉在森林里。

有在森林里跑步的人，冲着我们微笑。看着充满活力的他们由远及近，再擦肩而过，我顿时觉得自己像一朵还未绽放就要枯萎的花儿。

可是怎么办呢？我一点都不喜欢冬天。

有机会的话，我一定要去一个四季都暖和的地方生活几年。

时光的尽头，我看到了另一个世界

晚 秋

我今天去散步了，走了很远很远，牵着一条老狗，慢慢悠悠、慢慢悠悠，整个人的心静静的，那种感觉是我盼了几个世纪才盼来的。享受这种感觉时，我发现我之前的所有付出都是值得的。人总是得拿一些东西去和上帝做个交换，不是吗？

霍尔特的晚秋极少看到阳光，天色略显低沉，偶有雾气环绕。自从我到了这里，天冷后，我便很少踏进森林了，脑海里依旧是那大片大片的绿，可今天看到的却是无尽的枯黄。晚秋了啊。

湖水静静的，两只水鸟在清洗着自己的羽毛，激起朵朵涟漪。踏着深深的落叶，我走在羊肠小径上。周围很安静，只有乌鸦叫唤的声音彼起此伏。有在森林里便跑步的人，骑单车的人，遛狗的人，时不时相遇，微笑着打声招呼。置身于茫茫的森林中，望天，望云，望茫茫的草原，会让人忘记了时间，忘记了自己。

几只灰白黑的绵羊吃草的时候还不忘打上一架，我牵着老狗慢慢从它们身边的小路上经过，直到那棵高大的树底下，那把木椅还在那里，只是雾气给它罩上一层湿气，有些绿色的苔藓趴在上面，我没有坐下，老狗则猛地趴在地上，望着远方。

不远处，坐落着一栋小房子，前面是一块农田。这是我向往的生活，它不是世外桃源，却可以远离尘嚣。森林深处，一间小屋，一块薄田，多么怡人自得。有三个年轻女孩骑着马从远方走来，悠闲的样子仿若来自上个世纪。

我很想生活在这个世界里，我祈祷我一直不是活在梦里。你说我之前费了多大的力气只为换片刻的安宁？如今身在安宁中，我有什么理由不好好肆意呼吸，肆意地享受这美好时光呢？

看到几处好的景观，譬如临着小湖的那栋房子的深院里长着一棵枫树，铅红色的叶子燃烧得正旺，树底下是火红的落叶，它在这个周围都是灰色的空间里显得格外耀眼。也有几棵老树光秃了枝丫，它们的树躯却被一种藤蔓植物攀沿而上，直到树梢，绿而浓密的叶子凑在一起，乍一看还以为是树成了精，披了身春天的霓裳，细看才发现树躯底端那些藤蔓植物的粗长的茎。这些树给它们做了支架，它们则带给树一线生气。

本打算认真写篇散文，后来想想暂且作罢，回头再写。

此时的霍尔特天黑得很早，下午四点钟天色就暗了下来。我坐在室内，思绪纷飞。透过时光回望那些曾经，那个韶华浮躁的时期，我究竟是怎样的？到底哪般的张扬与不羁？我对待事物的看法又是怎样的？那个时候的我似乎少了一份真正的安宁。

我们渴望的，我们幻想的，我们心中的那些欲望支配着我们，我们忘记了用心去感官周围的生活。

晚饭期间，出门时，依旧望见前方在雾气中屹立的路灯，昏黄的光静静地散发，不争不嚷。而后想到现在的自己，嘴角微微扬起。也许我失去很多东西，也许我错过很多人，但现在我正坐在我梦想的飞船上遨游整个太空。驾驭飞船很辛苦，但飞翔很快乐。

时光带给人的不仅仅是收获，也有沉淀。

冬　末

本是白皑皑的雪，望不到边际的童话世界，被一场突如其来的雨侵蚀得再也看不到踪影，甚至小路上的冰也化成了泥和水。于是，我看到了一直淡绿的草坪，我看到了一直坚韧翠绿的松柏，我看到了枯萎的月季花，我看到了扑棱着翅膀苏醒的飞鸟，我看到了湛蓝的天和奶白的云。之前我一直觉得这一切都被雪覆盖着。

太阳出来了，气温似乎也有回升。走在大街上，我已经闻到了生气。我亦如冬眠后的蛇出洞，心情格外好。

几天前的某个中午，我在厨房用餐，透过玻璃门，我看到一个画面。

为了让那些因为冬天而食物匮乏的鸟不被饿死，卡尔在院里的草坪上放了一架木制的鸟窝，平日里会往里面放些面包和苹果当做它们的食物。那时还是银装素裹的世界，院里依旧是厚厚的雪，没有阳光，外面静悄悄的，连平日里的鸟都藏匿起来了。整个视野中只有那只鸟窝突兀地杵在雪地里，略显苍凉。突然间，一小抹棕色的小身影快速攀爬上鸟窝叼起一片面包再快速爬下，飞速穿过雪地消失了。几秒钟的时间。还好我已看清是一只瘦小的松鼠。我可以想象到它爬上松树啃面包的情景，我也可以想象到雪地里留下一串可爱的小脚印。想着想着，我突然觉得，在这个了无生机的季节背后其实藏匿着许多可爱的生命，并时刻上演着可爱的微电影。

这个季节再次让我学会用另一个视角看世界。

在丹麦看医生是一种什么样的体验

在丹麦的这半年，我一直很健康，甚至连感冒都不常有。可是在这个冬天，我却得了荨麻疹。

夏天时，小木屋很凉快，到了冬天，却分外干冷。小木屋没有供暖系统，虽然卡尔一家给我提供了一个二手电暖气，但并不能解决实质问题。因为它预热时间很长，小木屋的空间相对密封，预热完毕，室内空气便很闷热难耐。

我一直忍受着这样的冬天，却没想到这次的荨麻疹来势汹汹，那些被我挠破在身上而留下横七竖八的疤痕，甚是触目惊心，我不得不准备去看医生。

持有丹麦的黄卡便可以享受这里的医保福利，安妮帮我预约了我的保健医生，并为我争取到当天看病的机会。

想过很多看病的情形，比如医生会问些什么，我又应该怎样用准确的英语单词来描述自己的感受。越想越紧张，因为我的英语依旧蹩足，特别害怕跟医生无法沟通。

所幸，医生的诊所就在镇中心的购物广场旁边，坐公交车几分钟就到。按照黄卡上的地址按了门铃，我说我找艾伊琳医生，前台小姐要了我的黄卡在机器上刷了一下，问了时间便让我到休息室等。

走进休息室，我环视了一下四周。墙上挂着很多丹麦语的宣传手册，地上有很多儿童玩具，书架上放着很多杂志报纸，我随手抽了一本八卦杂志便坐到椅子上。不断有病人来，但休息室始终安安静静的，只有翻杂志和报纸的声响。

杂志翻得差不多时，一名金发的年轻女人探过头来笑着喊我，我便跟着她走进会诊室。

"你怎么了？"医生问道。

"身上长了些东西很痒。"我回道。

"来让我看一下。"医生的微笑很温暖。

我紧张地掀开衣服，她看了几眼我身上的包。

"我给你开一管药膏和一盒药，然后你拿着单子去药店买药，她们会告诉你怎样使用。"医生一边在药单上写一边对我说。

直到药单递到我手中时，我才反应过来我的病看完了，全程不过三分钟。

丹麦医疗费全免，但医药费却是要自己付的。药店在购物中心二楼，取号排队到我时，售药员微笑着把有我名字的标签贴到药盒上，并耐心地告诉我用量。

"需要忌口吗？"我担心地问。

"不用。"售药员似乎觉得我的问题有些好笑，张大嘴笑了起来。

我也跟着一笑，可内心还是有个小声音嘀咕着——一定要避免食用辛辣刺激性食物。

一管药膏一盒药片花了300多克朗，真心不便宜。据卡尔说没有医保的话，药品的价格会更高。不过，若是生病住院的话，医药费是全免的。

很多人都羡慕丹麦的社会福利，其中医疗免费更是让国人各种嫉妒羡慕恨。后来，我和朋友们专门讨论过其中的利与弊。

　　全民医保最大的益处是让所有的人都看得起病，但相应的一些弊端也不少。比如正是免费医疗，患上普通的病只能找保健医生，保健医生的医术往往有限，而医院的重病患者预约队伍可能都排到了一年之后，这就使得有些疾病不能及时得到治疗。

　　幸好我及时得到治疗，荨麻疹很快就消退了。

我不是为了钱

不知不觉到了二月，第二学期的语言班开课了。

傍晚时分，我急忙抓着包冲向门外，跑到家旁边的小路时，还是眼睁睁地看着168路公交车从路口经过。想到下趟公交车还有一个小时才到，我决定要步行半小时去霍尔特火车站。

天色墨黑，只有零星的灯光照射在地上，霍尔特镇上的积雪依旧很厚，我艰难地向前走。不知是今晚的寒风少了，还是我走得太吃力了，我没有感到一丝寒冷。

走了一半路程时，我开始汗气腾腾。就在我低头准备把羽绒服的外拉链松一松时，眼光瞟到了不远处一个类似手机的物体。

我好奇地向那个不明物体靠近，半埋在雪地里的果真是一部黑色的手机，款式非新款。我下意识想：这是哪个菲律宾互惠生把家庭给配备的手机弄丢了？我印象中菲律宾女生们都会向家庭索要一部手机，用于和家庭之间的联系，当然家庭也会支付这部手机的话费，这要是弄丢了，后果岂不是很严重？

要怎样才能联系到失主呢？按下开机键，手机没电，我便把雪水擦干将它扔进了包里。

一整晚的课我都上得心不在焉，满脑子都在想手机的事。

　　终于捱到下课，为了赶上最早的一班车（平时很难赶上这趟），我特意跑了起来。还好，公交车晚点了 5 分钟，我及时坐上车且赶上了火车。

　　到家时，虽一身疲惫，但难掩兴奋，急忙把捡来的手机充上电，然后像期待着奇迹发生般盯着充电的标志由 0% 涨到 10%，接着果断开机。哒哒哒，解密的时刻终于到来，我嘴角刚要扬起，又马上抽搐起来，屏幕上出现需要填写 PIN Code 的提示。

　　我把手机扔到床上，觉得想联系到失主可真难啊。但绝不能就这样放弃，三秒后，灵光一闪，我急忙把自己手机上的 SIM 卡拔出来，换到这部手机上。

　　哈哈，此招果真行得通。顺利打开手机，可惜通讯录一片空白。接着翻看手机短信一栏，终于发现线索，一条短信的内容里出现了 Mor 这个单词，我断定收件人的号码应该是机主的母亲，于是顺手给这个人发了条短信：

　　　　你好，我捡到了一部手机，我想应该是您孩子的吧。

　　短信发出不到一分钟，这个号码的电话便打了过来。

　　"嗨，刚才是你发短信给我的？"一个中年女人的声音。

　　"是的，我捡了部手机，想还给失主，不知道要怎样还呢？"我一边回答一边想象着此人的相貌。

　　"真是太好了，你不知道这部手机对我儿子来讲多么重要！"沙哑的声音难掩兴奋，"你能告诉我你的住址吗？我开车过去取。"

　　想到时间有点晚，且这不是我的家，我有点为难，便回道："我需要和大人商量一下，等下回复你，好吗？"

　　挂完电话，我趿拉着鞋子向卡尔他们的屋子跑去，天不知道何时飘起了雪粒子，周围乌漆麻黑，即便拿着手电筒，我还是有点害怕那一小段路。由于跑得急，我的手甩到了墙上，小拇指被擦掉一层皮，有点小疼。

厨房的灯已经关掉，双胞胎的卧室也漆黑一片，周围静静的。只有书房亮着淡淡的灯光，卡尔和安妮坐在电脑旁加班。

我跟他们打了声招呼，然后说："卡尔，我今天捡了一部手机，刚才联系到了失主，我想还给她，她说等下开车来我们家取，不知道可以吗？"

卡尔愣了三秒才反应过来是什么事，然后笑着说："当然可以了。"

"那你能回个电话告诉失主，我们的具体地址吗？"

卡尔接过电话打了过去，然后用丹麦语聊了几句，应该是在讲地址的事吧。

在等失主来的空当，卡尔好奇地问故事的经过，听我讲完，他连说了好几句：You are so smart。我怪不好意思的，这个方法谁都会想到吧。

半个小时后，门口处传来停车的声音，卡尔和我急忙走到院子里。

天飘着雪粒子，一个穿着厚厚羽绒服的女人走了过来，脸颊有些偏长，面部线条也有些偏硬，但眉眼看起来还算顺眼。我把手机递给她，下一秒她却往我手中塞钱，我一愣，接着回塞到她手中，她也一愣。

我笑着说："我做这些并不是为了钱，只是单纯地想把手机还给失主而已。"

接着她也笑了笑，说了几声谢谢后，又和卡尔用丹麦语聊了几句，好像聊到了我如何联系到她的过程，她赞了几句我真聪明之类后不再逗留，便开车离去。

"You are so kindness！"卡尔的惊叹式语句又蹦了出来。

我微微仰头看向他，却不小心看到了灯光下飘过的雪粒子，突然觉得有点冷，便紧了紧衣领，舒了口长气说道："我做的很多事都和钱无关，我说过我不是那么看重钱。"

卡尔嘴角微微上扬，我们互道了晚安，便纷纷进屋。

进屋后，我才发现自己一直趿拉着一双凉拖。

信任危机，你欠我一个道歉

　　复活节快到了，丹麦人又要放假一周，我不得不感叹丹麦大大小小的假期可真多。安妮很早就问我复活节的打算，我想了很久说打算去一个认识的互惠生家玩几天。

　　周末他们一家人打包行李到很晚，我窝在小木屋的沙发上看美剧，却突然收到一条卡尔的短信——

　　　　帕姆，请你把孩子们的凉拖还给他们。

　　我一愣，拼命想了很久也不知道他们指的是什么，于是快速回复了短信——

　　　　请问是什么凉拖？我并不知道呢。

　　卡尔的短信立马回复过来——

　　　　就是你脚上那双黑色的！

面对冷冰冰的手机屏幕，我无从判断卡尔的表情，但是却可以想象到他微微生气略带一点点指责的样子。快速跳下床，我拎起门口的黑色凉拖便跑去卡尔一家人的房间。

屋内的灯光有点昏暗，双胞胎已经入睡，卡尔和安妮在安静地打包行李，墙上的时钟已走到23:00。

"嗨，卡尔，这双凉鞋是几周前朋友送我的，并不是双胞胎的。"我努力抬着头，让自己表现得很平静。

卡尔接过凉拖仔细看着，没有说话。

"我想起了孩子们的那双凉鞋，他们的鞋子的材质跟我这双不一样，而且颜色偏暗，不是吗？而我这双是一双旧鞋，几乎要坏掉了。"我挑挑眉说道，内心对卡尔的样子有一丝不满。

"好像是的，那你知道他们那双鞋在哪儿吗？"卡尔讪笑一下，把鞋子还给我。

"不知道。"我摇摇头淡淡地说完，拎着鞋子道了晚安便回了小木屋。

冷风灌入脖颈内，卷走一丝因尴尬而残留的热气。我趿拉着鞋子，想到不久前发生的一件事儿。

某一天下午，安妮突然问我有没有见到她放到洗衣机上的1000克朗，她的语气似乎在暗示我拿了，我尴尬地说没看见。见状，她又说也许是她记错了。

重新躺在床上，我一直注意着手机，没有任何道歉的短信。卡尔的误会让我的自尊心很受挫，因为我觉得这样的误会根本没有发生的必要。作为一名成人，我再怎样需要一双凉拖，也不会偷穿一个12岁小孩的鞋子。再者，鞋码也不同呢！

　　越想越戚戚然，本就是陌生人，百分百信任并非一朝一夕可以形成。虽然已经相处半年，但我和卡尔一家的磨合仍需要继续。

　　这或许是卡尔的无心之举，却在我内心深处留下一个疙瘩。一连几天，我都在期待一句道歉，哪怕是故作轻松地说出，但最终我的期望落空了。

警报声响起的复活节

卡尔一家很快飞去了美国，因为我得等一两天才去朋友家玩，所以，安妮的母亲来她家小住几天。用意不言而喻。

她的母亲看起来很优雅，虽说之前照过几次面，但我们并未有过多交谈，她和安妮一样，给人一种距离感。相比之下，卡尔的母亲则给人一种很亲切的感觉。

我按照安妮给出的工作表进行工作，除了每日的基本清洁，我还把一大书架书清空，踩着椅子一点一点把书架清洁干净，再把一本一本书上的尘土轻拍干净，整理好，重新归放原位。

幸好整理书籍对我来讲是一件很享受的事。我曾幻想过在图书馆工作，也曾想过开一家书店，这样我就终日可以与书打交道。当然，我不止一次提过，迄今为止我最想拥有的便是一个大大的书架，收藏着各种我喜欢的书，没事儿窝在家里喝杯茶，读本书。

整理着卡尔家的这些书，脑海中不由浮现这样的情景——年轻的卡尔和安妮坐在森林里的长椅上，旁边放着一本《呼啸山庄》，他们正在浅声交流着读后感。他们脚下是小时候的 Lucky，它吐着舌头侧着耳朵望着远方。偶尔一阵清风吹过，有片叶子飘落到安妮的金发上，卡尔伸手帮她摘掉……

　　回过神时，我发现阳光正好透过窗子斜打在木地板上，可以清楚地看到空气中飘浮的小颗粒。不远处，安妮的母亲正躺在长椅上一边读报纸一边喝咖啡。兴许是注意到我打量的目光，她冲我微微一笑。我也一笑，内心有一丝小羡慕，然后低头继续整理着手中的书。

　　享受生活且优雅地活着，是我们大多数人所向往却难以做到的生活方式，对他们来讲却似乎是一件习以为常的普通小事。这里面的奥妙或许浅而易见。

　　期间安妮的父亲也来过，拎着油漆桶把卡尔家室内有污点的墙粉刷了一遍，又把一些破旧的门框修葺了一下。之前也经常见他来卡尔家，帮忙修剪花园，修葺草坪之类。他瘦小的个头，留着一撮胡子，喜欢讲一些很冷的笑话，本来觉得他是一名古怪的老头。但这样看起来，他似乎是一名很热情的岳父。

　　不过，家里有人，我终归感觉束手束脚，还好我及时做完安妮安排的任务。我收拾好行李，便买了去埃莉萨家的火车票。

　　复活节，丹麦的店铺关门，路上行人冷清。虽然有三个多小时的车程，我还是顺利地到了埃莉萨家。埃莉萨所在的地理位置比较偏僻，按照她的提示，我在一个乡野的小站牌下车，然后拨通她的电话。

　　周围有大片大片的麦田，不远处还有绿油油的山头。阳光一点不浓烈，甚至双目对视也没有明晃晃的感觉。我摸摸有点发凉的鼻头，穿堂而过的一阵风透过我的薄衫，如万支小箭硬硬地刺向全身。

　　没一会儿，埃莉萨的摩托车出现在一条乡间小路上。我冲着她挥挥手。

　　"笃！笃！笃！"几声，摩托车便停下来，埃莉萨摘掉安全帽，抱怨道："在这里骑摩托一定要戴好安全帽，上一次仅仅是因为我没系好安全帽带，就被罚款 1000 多克朗！真是倒霉！"

我轻笑不语。

"唉，早跟你说过我住在乡下啦，你看，这穷乡僻壤的，跟中国的农村没啥两样。"她又重新把安全帽戴好，"要我说还没中国的农村好，这儿的乡下本就没几户人家，邻居与邻居之间还隔着那么远，要是发生个什么事，连个照应的人都没有……"

随着她滔滔不绝地吐槽，我坐上摩托后座，又是"笃！笃！笃！"三声，摩托车一溜烟飞速向前驶去。冷风愈加凛冽，摩托车在羊肠小径左拐右拐，终于在一栋别墅前停下。

我脑海中飘出的"荒郊野岭、孤镇小屋"俩词，还算应景。

把背包放到屋里，我和埃莉萨去另外一个村的超市买一些食物，据说因为复活节的原因，那家超市会提高关门。这唯一的一家超市离埃莉萨家还真远，我们走了足足四十分钟才抵达。还好路边的迎春花已经开出黄色的花儿，伴着一路美景，心情还算愉悦。

除了买了几天的早餐和零食外，我还买了一束鲜花送给埃莉萨的雇主家庭。女主人接过鲜花，立马开心地找来花瓶插上了，我也忍不住微微一笑。

不过，听埃莉萨之前的叙述，她并不喜欢这一家人，听起来两者之间的摩擦不少。但第一次照面，我并不能判断出眼前的这名丹麦女人是否容易相处。单看眉眼，高露的颧骨，瘦高的身体，给人一种农场主的感觉，但实际上她却是一名园艺设计师，据说周围大多城镇的园艺都出自她的手。

第二天，埃莉萨的雇主家庭出门度假，家里只剩我俩。到了天擦黑时，埃莉萨突然说她晚上要出去打牌，只好留我一个人在家过夜。我有些诧异，一是感觉我一个人在她家留宿有些不妥，二是我一个人在陌生人家过夜有些害怕。

看着我担忧的模样，埃莉萨大声说："有什么害怕的，我把警报器打开，没事儿的。"

我看着她没有说话。

"放心啦。"她连着说了好几遍。

见我还是不说话，她又说："我们晚上打牌经常通宵，而且大晚上的我骑着摩托车带个人实在不方便，之前有一次晚上差点出事儿，而且我打牌打累了，可以睡我男朋友那儿，你怎么办呢？"

我只好勉强点了点头。

我们一起简单地吃完晚饭，我留在客厅看电影，她则急匆匆地准备出发。我听见她开启电子防盗系统的声音，接着摩托车的声音渐行渐远，最后院子里猛然静了下来。

电影看得我有些乏味，窗子外黢黑一片，屋内又空荡荡的，我不禁一阵害怕，抱起笔记本便准备上楼睡觉。没想到刚一起身，室内竟响起一阵尖锐刺耳的警报，猛然亮起的暗红色灯光忽闪忽灭。那么一瞬间，我似乎失去了听觉，浑身发抖，不敢动弹。只要我微微一动，警报声就会立马响起，我不知所措地站在原地几十秒后，不断拨打埃莉萨的电话，她一直没接，不间断地发送短信，她也未回。

大概过了二十分钟，她的电话打来。

"发生什么事了？刚才家庭妈妈打电话给我说防盗公司接到家里的报警，她已经让爷爷奶奶开车去她家查看情况了。"她停顿了一下，"如果她问起，你就说因为复活节了我出门买东西，等会儿就回来。"

"好吧。"我无奈地说。

"我不小心启动了室内无人的防盗系统，我应该启动室内有人的，刚才家庭妈妈很生气……"她若无其事地说着。

还好虚惊一场，刚挂完电话，一名老夫妇打开门，警惕地看着我。

"你是谁？埃莉萨呢？"老太太环视着四周，面无表情地问。

"我是埃莉萨的朋友，因为复活节到了，她去超市买食物了，等会儿就回来。"我心虚地说。

"是吗？"老太太看了看手上的表，我也忍不住瞄了一眼手机，现在已经接近晚上九点，更加心虚了。

"她去了多久了？"老太太继续问。

"已经一个多小时了，应该要回来了。"我勉强一笑。

"警报已经解除了，等埃莉萨回来，你记得跟她讲下次出门前注意别再出错，以免造成不必要的麻烦。"老太太说完，看了我一眼就走了。

我讪讪地锁好门，快速爬去埃莉萨的卧室，然后发短信给她——

请问你还回来吗？

她一直没有回复我，我只好默默睡着了。

大清早的，我便被院子里的摩托车声吵醒，接着便是开门的声音。埃莉萨终于回来了。

我不知道怎样形容我的心情，这样的经历让我挺不开心的。再加上后两天的相处，事实证明，我和埃莉萨的价值观相差太远，我只好提前结束原计划，买了火车票回卡尔家了。

复活节刚过完，我便收到了埃莉萨被解雇的消息。

给丹麦人尝试中国偏方

　　早上的一切准备好后，我看到安妮没有去上班。等溜完 Lucky 回来，看到她仍旧没有动弹的意思，但裹着毛毯也要坚持坐在电脑旁工作。

　　"嗨，安妮，你生病了吗？"我走过去问。

　　"我感冒引发的肺炎，有点不舒服。"她虚弱一笑，脸色似乎更憔悴了。我一直觉得她笑起来很漂亮，大大的桃花眼（原谅我觉得很多大眼都是桃花眼），长睫毛，洁白的贝齿，虽然她已到了跟我妈相似的年纪，可偶尔总能从她脸上读到一些纯真。虽然有时候她严肃起来让人害怕，但不得不承认我在内心其实蛮喜欢她的。

　　"那你有没有吃药呢？"我关切地问，脑子里想着双胞胎最近也总是咳嗽，不知道是不是上火的原因。

　　她点点头，然后起身去冲了一杯花茶。

　　一连几天，安妮都窝在家里，双胞胎吃饭时也一直咳嗽，我在一旁看到也跟着难受。他俩亦如平常那样没有吃药，这几天的症状反而加剧了。

　　我突然想到了中国治疗咳嗽的偏方，冰糖雪梨和蜂蜜白萝卜。

　　下午，我特意乘车去了哥本哈根的中东店，那里有很多大大的雪梨和白萝卜卖，而中国店也可以买到冰糖。我一口气买了很多备用材料，准备把中国偏方给安妮母子三人一试。

把冰糖放入水中烧开，再把雪梨削皮去核切块放到水中，大火炖上 15 分钟，便可以喝了。看着我鼓捣这些的时候，安妮时不时从我身边走过，然后好奇地看一眼。

当我把炖好的冰糖雪梨水端上桌时，安妮惊喜地喝了一碗，并且大力称赞了一下，然后充满疑问地看着我，"喝这个能把咳嗽治好？"

"当然啦，这个有润肺的作用，不信你看。"我在网上搜来英语介绍给她看，她看完后急忙劝双胞胎把碗中的冰糖雪梨水喝完。

但是，双胞胎并不买账，用一副无比痛苦的表情，捏着鼻子猛地一灌而咽，剩下的梨无论如何也不肯吃掉，然后一溜烟儿跑了。

我和安妮相视一笑，看着锅子里剩下的梨水，她说："我会慢慢喝掉的。"

果真，在晚饭前，安妮一个人真的喝完啦。

如法炮制，第二天我又炖了蜂蜜白萝卜给他们吃。

虽然我不确定我炖的这些有没有起到作用，但三人的咳嗽很快就减轻了很多，没几天安妮的肺炎也好了。

春暖花开，语言学校生活结束了

丹麦的天气终于暖了起来，街头巷尾的迎春花刚刚藏匿，大片大片的蔷薇花便爬满墙面，站在中北欧建筑风的街头，这样漂亮的景色让人总是忍不住摆几个 Pose 街拍。

读了整整两学期的语言课，我极少从侧门走进教室，这次早早到了学校，夕阳还未落尽，几缕余光透过老树的枝丫散照在地上。我第一次认真打量着这边的景观。

这次是丹麦语一级的第二学期的期末考，没想到时间过得如此快。

第二学期比第一学期的考试多了一部分，比如时间一到，约翰便让我们围桌而坐，发了一叠试卷测试听力，听对话选正确选项，有点类似国内的英语考试。

听力部分考完便是口语部分，考试方式跟上次一样。

靠墙站了很久，终于轮到我，推门而入的那一刻，仍如第一次考试那样紧张，汗珠直冒。老师也亦如上次那样笑得如沐春风，"帕梅拉，通过这次考试的话，就可以继续学习丹麦语二级啦。"

老师你确定没有在施压吗？我真的更加紧张了，因为第二学期的内容明显比第一学期难。

"好，那考试开始啦。"老师拿出五张图片背对着我，让我抽一张，然后用五句话来形容上面的内容。

我抽到的是一家人在吃早餐的照片，我绞尽脑汁用我学会的那些最简单的词汇拼命形容起来，"这是一家人。他们正在吃早餐。这个是妈妈。这个是儿子。现在的时间是 7:30。"明知我在投机取巧，老师却睁只眼闭只眼笑着让我通过了。

"恭喜你，通过这次考试。"老师冲我挤了一下眼。

我有些心虚，这次的水放得有点多。不过，我虽然说的都是最简单的句子，但好歹也有五句，也算勉强过关啦。想完才稍稍舒了口气，说道："谢谢你，约翰。"

"下学期你要继续学哦。"老师鼓励道。

老师的鼓励让我愈发心虚，想到自己的英语水平一直很低，和别人顺畅沟通都没有办法做到，把英语作为辅助语言来学习丹麦语的效果也不佳……无法形容此刻的心情，有点懊恼羞愧，也有点不甘……

"如果可以的话，我会继续学习丹麦语 2 的。"我起身和老师握了握手道别，低着头走了。

走廊里几名女生在讨论。

"通过考试后，就可以继续学丹麦语 2，但学校就要收费啦。"

"是吗？要掏多少钱呢？"

"据说是 20000 克朗，所以，咱们班很多人都不会继续学了，因为没有家庭愿意给互惠生出学费的。"

"哎，可是我却听说玛丽的家庭给她出学费呢！她可真幸运！"

"帕姆。"露丝挽起我的胳膊，有些遗憾地说，"我也不能继续学丹麦语 2 了，你呢？"

　　我看了看刚才那群女生，叹了口气，也遗憾地说："我的家庭应该也不会为我支付学费的。"

　　"那我们一起在私下里学吧。"露丝瞬间笑起来，像个传递正能量的使者。

　　我也一笑，"这就这样说定啦。"

　　因为是最后一天，大家坐在一起合了一张影，定格了一整学年的欢乐时光。

如果理解不能相互

转眼间到了来年四月，窗外的松树焕然一新，院里开始繁花盛开，一阵风吹过，花瓣从高空簌簌飘落，风景美不胜收。连带着人的心情也应了这景儿。

准备晚餐的时候，我忍不住感叹："丹麦的这个季节真漂亮啊。"

卡尔望了一眼窗外，笑着回道："过段时间的丹麦会更漂亮。"

我也随之往外一看，发现邻居家院子那只金毛犬不见了，说："好久没见邻居家的狗了。"

卡尔瞬间异样地看着我说："帕姆，上次我不是对你说了他家的狗已经去世了吗？"

"啊，我知道了。"我恍然大悟。

"你总是这样，每次都不肯承认自己不知道，安妮的很多中国同事也这样。"卡尔皱起眉头，"看来你们大多数中国人都爱不假思索地说 YES。"

"刚才我只是忘记了，并不代表我不知道，邻居家的狗是因病去世的，对吧？你上次还说他们工作太忙，不打算买只新狗了，对吧？"我反问道。

　　卡尔停顿了一下，"这次你是忘记了，可是每次安妮让你记得打扫沙发底下，你都说自己明白，可最后你都没扫。"

　　"难道我没有打扫沙发底下吗？"

　　"你应该把沙发底部挨着墙根的地方也要打扫到。"卡尔强调，"所以，你不明白一定要问。"

　　"那你们为什么不直接告诉我没打扫干净呢？"我也诧异地问道。

　　这应该就是中西式思维的诧异吧。

　　如果我在家打扫卫生，我妈肯定会直接告诉我哪儿没打扫干净，并让我重新打扫一遍。卡尔和安妮则不会直接告诉我哪儿没做好，而是先问我明白没明白，也许他们想让我自己发现并跟上他们的思维，但有时候委婉并不是一件好事。

　　正因如此，很长一段时间内，每当卡尔和安妮给我讲述什么的时候，我说我明白了，他们都会用怀疑的眼光看着我问真的吗。我便觉得除了他们委婉之外，应该还有什么问题。

　　再过一些时日，我终于发现安妮喜欢纠结的问题是——只要我没按照她的方式去做事，她便觉得我做的不对，并有些不悦。我觉得同一件事的做法因人而异，最后结果相同便好。

　　切胡萝卜条时，我喜欢把胡萝卜横放在案板上切，安妮见状便说这样容易切到手，非得让我把胡萝卜竖在案板上切，我只好按照她那样去做，结果没几下便把左手切伤。这时，安妮面露一丝尴尬，还好卡尔及时递来创可贴才化了这诡异的气氛。

　　没过多久，卡尔笑着跟我说他和安妮商量了，只要工作出色完成，他们不应该再纠结工作方法，而是应该尊重我的做事方式。

我的人生，只听我自己的

　　这十个月内，我前前后后认识了十个中国互惠生，其中四个人是自己申请的，剩余的都是被中介忽悠来的。除却已经离开丹麦的几位，我们有六名互惠生组织了一次聚会，地点定在 Y 镇的梅根家。因为梅根的雇主家庭回国探亲一个月。

　　明明和我相仿的年纪，梅根看起来很知性，且平时能言善辩，给人一种成熟稳重的感觉。

　　阳光出奇的明媚，我迫不及待地脱掉了羽绒服，迎接初夏。

　　出了 Y 镇的火车站，路边有一棵高大的樱花树，大老远就闻到空气中飘动着甜腻的香气。我忍不住坐到树下那把长椅上，有阵风吹过，漫天白色花瓣簌簌而落，落在我身上，落在长椅上，再落在街头……于是，空气里的香气更浓烈了。

　　这样的季节真是美好得不像话。喜欢旅行的朋友都向往日本的樱花季节，其实到了花季，丹麦的樱花比日本的似乎更有感觉。

　　刚到梅根家，便看到她家花园里的一株开得正旺盛的樱花树，不远处还有一簇簇郁金香。众人正坐在院子里的躺椅上晒太阳，见我赶来，纷纷打招呼。

　　"你不是老早就发短信说到火车站了吗？"梅根摘掉墨镜，看着我，"怎么才到呢！"

我嘿嘿一笑，不好意思地说："在火车站的樱花树下坐了会儿。"

"萝拉住得远，估计半小时后才到，咱们先准备午饭吧。"艾比提议。

梅根带我们到了厨房，大家便开始忙碌起来。

从院子里的门进入房间，会先穿过客厅，客厅不大，墙上挂满油画，拐角处放着一架钢琴。与客厅通连的便是大大的厨房，装潢很现代。

"梅根，你今天打算做哪道招牌菜？"凯西一边和面一边问。

"冬阴功汤和红烧茄子，哈哈，保证你们吃了忘不了。"梅根从冰箱拿出虾子，开始解冻，艾比和我则帮着调饺子馅儿。

等萝拉到时，我们正好把饭做好。

餐桌上，大家寒暄会儿便开始讨论各自的发展，好像作为一名中国人，不担心一下未来就是不靠谱的表现，于是在座的每一位都忧心忡忡。

"我最近无意间看到丹麦的移民政策，在丹麦工作时间满五年，或留学五年内满了一定学分，都可以申请永久居留的绿卡呢。"我忍不住先分享自己的观点，见大家都看着我，我又说着："所以，我打算互惠结束后在这边留学。"

"留学是不错，但是学费你怎么办呢？"五人异口同声地问。

"这边读商科的话，一学年才五万，还可以分两个学期交，我感觉再打打工什么的，学费应该没有压力，而且在这边直接申请留学的话，不提供十万元留学担保金也是可以的，我认识的一个女生已经留学成功了，还申请到了奖学金，更没有什么压力了。"我喝了口汤，信心满满地说，"我想我们应该也可以的。"

"即便如此，压力也很大，你看那些留学生业余时间拼命打工赚钱的，哪儿还能认真完成学业呀，得多累啊！"凯西不以为然地说。

"现在挪威的学校不是免学费吗？免学费的不是更好吗？我和梅根打算申请挪威的。"卡瑞娜似乎很不看好我在丹麦留学。

梅根也附和道："不然你跟我们一起也申请挪威的学校呀。"

"以当前的条件来看，还是丹麦更适合我一些，而且申请绿卡也方便，去挪威什么都得从头开始。"我坚持自己的观点，"当然你们想申请免费学校，也是不错的。"

"绿卡哪儿是那么容易就拿到的呢！"萝拉剥开一个虾子说着。

剩余的四人异口同声地一边点头一边说："是的，等你拿到绿卡至少得五年吧，你算算那时，你得多大了！"

我继续喝汤不再说话，感觉这种对话没有再继续的意义。

梅根的房间也是地下室，房间狭小，窗子也不大，给人一种监狱的感觉。其实大多数互惠生住的房间都类似这样，有时想想这个社会可真不公平！但在没有等值付出前，我们又有什么资格获得公平呢？

我们一直闹腾到很晚，由于留宿的人太多，梅根的房间容量有限，我和凯西因离得近便各自回家。后来听说梅根把艾比和卡瑞娜安排到了主卧，直接睡在了雇主的床上。对于这样的举动，我觉得有点不可思议。如果有很多朋友找我玩，我绝不会把人安排到卡尔和安妮的卧室，这样做似乎欠妥。

当事后我们再聚会的时候，她们几人兴高采烈地讨论那天睡主人家床的感受，我则缄默不语，不知该怎样接话。

"你学校找得怎样了？"梅根经常在 QQ 上问我这个问题。

"还在留意中。"我回答。

"你真的不考虑挪威吗？那儿免学费，卡瑞娜打算明年就申请挪威的学校呢，我也看好几所。"梅根继续道。

"不考虑。"我斩钉截铁地回答。

有时候周围的这种声音多了，让人感觉很疲惫。大家聚在一起，彼此分享观点，分享人生规划，本是一件很有意义的事儿，但如果非得让别人服从自己的观点则有些过分。

"你来自哪儿？"

中华文明上下五千年，泱泱大国乃礼仪之邦。

我们从小便对这句话耳熟能详，自然而然产生的民族自豪感不言而喻。

但是我却发现一个很有意思的现象，不知是民族自豪感作祟还是怎样，有些中国人不仅喜欢蔑称其他国家的人，还对深肤色格外歧视。这些年，时常听到国内嘴中蹦出"黑鬼""小菲""菲佣""越南猴儿""高丽棒子""小日本"等词汇，也时常看到大多数人对白皮肤的推崇。

印象最深刻的便是煎饼店的天津阿姨。

前面我曾说过，作为一名吃货我不仅冒着暴雨去吃煎饼，还极力向周围好友推荐此煎饼店。除了本国朋友，我更是时不时在周末带着露丝去那里坐几个小时。

"小姑娘，又来吃煎饼啦！"天津阿姨一如既往地热情。

这股子热情总是能轻而易举地把我的阴郁一扫而光，我堆上笑脸道："阿姨，这次我又带了一名新朋友来，哈哈。"

"呦！她不是中国人吧？"阿姨冲我使个眼色，捏起的天津嗓儿竟有了一股子老北京的味道。我没未来得及回答，阿姨转头问露丝："Hvor kommer du fra（你来自哪儿）？"

露丝先是看了我一眼，继而憨笑着说："Kina（中国）!"

"啊？"阿姨忍不住惊叹，"不可能吧！"

阿姨的惊叹可能让露丝有丝尴尬，她的脸立马微红，"Just Joking!"

"我就知道开玩笑的！"阿姨瞥了一眼露丝，身子微微探向我，刻意压低声音说，"你看她那么黑，哪儿有你白净啊！"

不知怎地这句话让我对阿姨产生了一丝厌恶，我讪笑着没答话。

"那你是哪里的呢？"阿姨打量着露丝嘴角微微上扬。

"菲律宾。"露丝不好意思地说。

"啧啧！我看着也像那一带的，怪不得长这样呢！"阿姨又把身子探向我，随口说。

露丝似乎察觉到什么，急忙笑着对阿姨说："你的丹麦语真好，想必在这里待了很久了吧！"

"那可不是！从儿子读初中开始到现在参加工作，算算也有十四年了呢！"阿姨自豪地回答。

接着又简单地交谈了几句，我急忙拉着露丝找座位坐下，快速解决掉点了的煎饼和豆浆，然后迫不及待地走了。

有时候，人与人之间语言不通，但通过眼神也能感受到对方是否善意。

坐在回家的小火车上，我和露丝不由自主地聊起了种族歧视，继而聊到了很多有的没的。

"帕姆，你知道吗？其实很多中国人都很歧视菲律宾人！他们对菲律宾人的态度很差！"露丝带着一丝无奈。

　　"并不是所有的中国人都这样，你遇到的只是一部分而已。"
我努力让自己笑得很坦荡，可明显对自己的话并没多少信心。

　　"你知道吗，我有朋友在香港工作，每次坐飞机过安检的时
候，那些安检员总会很粗鲁地打开我们的行李，继而粗鲁地扔到一
旁，还对她们喝来喝去！然而排在后面的白人会很顺利地通过安检
呢！"露丝略带着点愤懑。

　　我突然间哑口无言。

　　也许一个国家文明的进程并非一朝一夕，但我相信总有一天，
大家都会摒弃一些坏毛病，向全世界展示一个全新的自己。虽然这
样讲略显矫情，但当时我确实是这样想的。

第一次异国过生日，像个落难的公主

　　三天后迎来了我的 22 岁生日，也是我在异国的第一个生日。

　　去年双胞胎的生日聚会我有参加，犹记得长长的餐桌，满屋的亲朋好友，还有安妮和卡尔准备的丰盛的佳肴。看到双胞胎在亲人爱意满满的目光中，拆开一个又一个的礼物时，我内心羡慕不已。

　　怎么说好呢，我二十多年的生日，从未吃过生日蛋糕，也未收到过惊喜的礼物。

　　父母要么惊然想起当天是我生日，急忙给我下碗面条煮个鸡蛋，要么就是几天后一手指着挂历一手扶额感叹一句：前几天你生日啊！前者也好，后者也罢，每每都会让我觉得难过，儿时我不止一次偷偷为此流过眼泪。

　　后来，随着年纪的增长，我越来越不想过生日，总觉得过生日是一件很孤单的事儿。

　　不知为什么，当几天前卡尔问起我想怎样过这次生日时，我便回道："我想举办一个生日聚会，可以吗？"

　　卡尔拉动着脸部肌肉，嘴角的笑容看起来意味深长，他说："那你会邀请一些什么人呢？像双胞胎那样也邀请同学吗？"

　　"他们有的是我的同学，有的是我的朋友，露丝和艾比她们你都见过很多次了，都是我熟悉的朋友。"我内心祈祷卡尔可以同意我的请求。

"那天是周几呢？"卡尔问。

"周日。"我急忙回道。

卡尔又看了看行程计划表确认那天没安排，继续笑着说："好，如果有什么需要帮忙的请跟我和安妮讲。"

"谢谢，谢谢。"我激动地笑着说。

晚上我开始发留言，邀请大家来参加我的生日聚会。

露丝很痛快地答应要赴约，还说会早点过来帮我炒菜。凯西和一名在罗斯基勒的留学生大卫也表示过来。艾比和梅根因为有事婉拒了我的邀请。萝拉的 QQ 是最后一个上线的，离我发送邀请信息都过了一个晚上。

萝拉：这几天都很忙，刚换的新家庭。

我急忙敲着键盘：啊？什么时候换的，新家庭对你怎样？

萝拉：新家庭对我超级棒。

我再次问：那你能来参加我的生日聚会吗？

萝拉：我现在住的地方离哥本哈根挺远的。

我：在什么地方？

萝拉：隔着十几个区呢，光车票都得 300 多克朗。

我有些诧异：那么远啊？

萝拉：那天是周日吧？如果没事儿的话，我就赶过去。

看着屏幕上的字，我有些感动，觉得她这么大老远地过来，真够义气。

没想到萝拉周六晚上便赶到我家，准备在我家过夜。碰巧，另外一名朋友阿拉在凯西家玩，三人便一起聚到我的小木屋。

天色渐暗，橘色的灯光充满整个小屋，桌子上的四杯咖啡冒着香气，玻璃花瓶中插着我下午刚剪好的粉色小月季，手机中低声播放着当地广播，我们四人窝在大大的沙发床上谈笑。

我想这是我来丹麦之后最惬意的一个晚上了吧。

夜色渐晚，大家不约而同地扫视着我的卧室，觉得三人都留宿这里会有些拥挤，再加上洗漱都得去卡尔家的主屋，又觉得有些不方便，最后便决定去凯西家过夜。

"明天你的生日聚会是十一点开始，对吗？"凯西问。

我点点头。

"那我明天七点过来帮忙。"萝拉一边穿鞋一边说。

我咧嘴一笑说："好的，你方便就好。"

"需要什么帮忙的，你就说。"凯西又说，"不过，明天我可能晚点来，我得看半天小孩。"

"好的。"我又咧嘴一笑。

目送三人离去很久，我仍旧心情很好。

想来在陌生的城市，有几个可以喝喝茶聊聊天消磨一下时光的人也不错，既可以排解一下孤寂感，也可以及时交换一下信息。

周日大清早，我睁开双眼便快速起床，先在院子里伸了伸懒腰，轻轻地溜进洗手间洗漱，再走进厨房看了一眼时钟，发现才早上七点。我决定除了要亲手做一桌子中餐外，还要做凉皮，但现在动手似乎有些过早，一是说过来帮忙的人还没到，二是怕动静大了吵醒了卡尔一家。我想先出去溜一圈 Lucky，等差不多八点的时候再准备午餐。炒几道菜，煲点米饭，三个小时应该够了。

正当我转身准备喊 Lucky 的时候，卡尔和安妮来到厨房磨咖啡。

"你的聚会几点开始？"卡尔一边往杯子里倒牛奶一边问我。

"啊，准备早上十一点开始。"我开心地说。

"那我们也要在吗？"安妮微笑着问。

"当然啦。"我毫不犹豫地回答。

"正好我们也认识认识你的朋友们。"安妮的语调变得有些俏皮。

我们三人便不约而同地哈哈笑了起来。

八点到了，我站在厨房望了望窗外，还没有访客。我忍不住发短信给露丝和萝拉，萝拉没回，露丝则说要晚点到。

半个小时后，窗外沥沥渐渐地下起雨，我把食材一一摆好，心情突然变得跟天气极其相似。雨越下越大，九点左右，卡尔夫妇准备出门，看着厨房只有我一个人，便诧异地问道："帕姆，你的朋友呢？你不是说她们会早点过来帮忙的吗？"

被人这样一问，我突然有些负气，把头低到胸前，鼻子一酸竟然想哭，哽咽道："不知道怎么回事，说要过来帮忙的一个都没来！"

"那等下我们回来，如果需要我们帮忙你就喊我们吧。"安妮说。

"好的。"我吸了口气，强笑一下说，"她们应该也快到了。"

见状，卡尔夫妇便开车离去。

锅子里的水终于煮沸，厨房一片氤氲，我在盘子里浇上一层昨晚做好的淀粉浆，但始终找不到支撑物，没办法把盘子摆平。折腾了半个多小时，汗水早顺着脸颊滑落到脖颈，我还是没做出合格的凉皮，想着昨晚自己那么费力地和面做淀粉浆，内心满是懊恼但又不想轻易放弃。

这时，萝拉回我短信说外面在下雨晚点才到，凯西也发来短信说可能要下午一点才到。我把手机扔到一旁，看着盘子里的"怪物"，再看看时间已经十点多，于是急忙半闭着眼把剩下的淀粉浆倒掉，开始准备做菜。

葱末姜丝蒜碎洋葱丝准备完毕，花椒大料准备完毕，土豆胡萝卜削好皮切块，鸡腿洗净侧面划刀，锅子里的油也热了……第一道菜咖喱土豆炖鸡腿终于上锅啦！

十点半，我正在洗西红柿的时候，卡尔夫妇回来了。

"嗨，卡尔，今天聚会的时间可能要往后推一个小时。"我歉意一笑。

"那需要我们帮忙吗？"卡尔好心问。

还没来得及回答，门外传来动静，我邀请的五个人竟一起到来。厨房一下子热闹了起来，卡尔夫妇分别和他们打着招呼。

凯西先走到我跟前，看到一切还未准备就绪，大声指责道："这就十一点啦，你的菜呢？让我们吃什么！"

"刚才一直在弄凉皮……"

"那你的凉皮呢？"萝拉和艾比不约而同地问道。

"失败了！"

"当你说你要做凉皮的时候，我就不看好你！连做凉皮的工具都没有，你怎么做呢？就算不需要专业的工具，但你肯定也没找到合适的可以替代的简易工具，我一眼就能看出来！"凯西咄咄逼人地继续说。

艾比无比遗憾地附和道："我可就是冲着你的凉皮来的呢！"

"你说你没能力做，干吗还要去做？不仅浪费大家的时间，还浪费你自己的时间！你约大家十一点来，菜准备不好，为什么不喊大家过来帮忙？"凯西又质问道。

虽然凉皮失败我也觉得不好意思，但被兴师问罪内心多少有些不悦，便说："你们不是说要过来帮忙的吗！谁知道一个人都没来呢！"

"那没人过来，你为什么不亲自打电话再喊我们过来帮忙呢！"凯西霸道地说，"要是我需要帮忙，我肯定一个电话就打过去了！"

"那样岂不是强人所难？"我已见识过周围人对朋友的各种无理要求，所以我一直不想成为一个蛮横无理的人。不能说凯西的观点有错，但不同性格的人做事的风格也不同。

几人一直喋喋不休地发表着各种不满，我内心越来越不悦。

"帕姆，有什么需要我帮忙的吗？"一直沉默的露丝问道。

我再次看了一下表，打断了凯西她们的讨论："我看餐点得往后推两小时。"

"好啦，好啦！我们一起帮忙做吧！"凯西终于停止抱怨，组织大家一起帮忙。

跟卡尔一家简单地讲了一下今天的状况，他们表示理解。安妮接到一个电话，然后有些不好意思地问："帕姆，中午能不能邀请我的母亲过来一起就餐呢？"

"当然可以啦！"我笑了笑。

见大家一起热火朝天地做菜，卡尔他们便开始摆桌子。长长的桌子上铺上淡蓝色小碎花的桌布，桌中央放着新剪花和烛台。双胞胎则一蹦一跳地帮忙摆放餐具。

"啊，什么糊了吗？"萝拉提醒。

"哎呀，我炖的咖喱鸡腿！"我急忙把锅子端到一边，幸好只是熬干汤啦。

"也不是我说，这么多人，你准备那么几道哪儿够呢！不然，我们每人都再炒一道自己的拿手菜！"艾比插嘴道。她一向胃口比较大，对饭菜也颇有讲究。

大卫做的是番茄炒蛋，艾比则做了洋葱炒火腿肠。萝拉表示不会做饭，便协助凯西帮我做生日蛋糕！我和露丝则在一起准备红豆奶昔。

大家终于开始有说有笑，一扫刚才的阴霾，而窗外的雨也配合般停了下来。

"在丹麦过生日，据说要是下雨的话，就表示你不是一个好人哦。"安妮开起了玩笑。

"哈哈，还好，雨停啦！"我笑着说。

看着满满一桌子菜，夹着一层新鲜奇异果的生日蛋糕，还有我做的红豆奶昔，嘴角忍不住扬起。作为今天生日的主角，我坐在桌子的正上方，众人的目光自然也落在我的脸上，我顿觉脸有些发烫，头也微微低下。

"这道菜不错。"安妮的母亲尝了一下咖喱土豆评价道。

"我最爱这道菜。"安妮指了指我炒的豆芽。

大家纷纷开始评价食物，还时不时穿插一些笑话。大卫讲了讲他的留学事迹，凯西和萝拉则讲了讲各自的家庭故事，露丝和我聊了聊语言学校的事儿……

一顿午餐在有说有笑中结束。

最后，卡尔在生日蛋糕上插上丹麦的小国旗，把蜡烛点燃。

"祝你生日快乐，祝你生日快乐，祝你生日快乐……"大家齐声唱起生日歌，我则闭着眼睛许愿，接着一口气吹完蜡烛。

我切蛋糕时悄悄吸了吸鼻子，一种渴望许久的想法被实现后，是如此满足和开心。

"帕姆，生日快乐！"安妮露出温暖的笑容，同时递给我一盆紫色的蝴蝶兰和一枚蓝色信封，"希望你喜欢。"

轻轻地打开信封，里面除了一张生日贺卡，还有一条细细的手工项链和 2000 丹麦克朗，我有些意外，也有些激动（未曾想过卡尔夫妇会为我准备这么多礼物）。

"丹麦的孩子过生日时，父母都会一大早准备好钱，小孩收不到钱是不会起床的，哈哈哈。"卡尔推了推眼镜笑呵呵地说。

"这条项链是我一名专做手工的朋友亲手做的呢！"安妮解释着，"这张贺卡也是纯手工的，你看是不是很漂亮呢？"

我眼眶有些湿润，这些礼物准备得真用心。

再打开贺卡，上面用中文写着——

潘，祝你生日快乐！

"这是我们找的一名中国同事帮忙写的！"安妮吐了一下舌头。

我再也抑制不住自己的情绪，眼泪开始"唰唰唰"往下掉。我一边哭一边笑，内心是满满的感动。我手拿着贺卡一一向凯西她们展示，她们都觉得我的家庭很有人情味。

虽然我之前特意对卡西她们强调，我就是想单纯地约大家一起吃顿饭，不要为我准备什么礼物啦，毕竟大家在异国都不容易。可她们还是准备了礼物，比如凯西的 100 克朗的手机充值卡、萝拉的沐浴乳，还有露丝的 T 恤等。

生日聚会结束，我们开始动手收拾餐具。露丝和我站在水池边冲洗盘子，艾比和萝拉站在一旁大声讨论。

"你看她的手又大又粗糙，手背也有些偏黑，应该是她们从小就做很多家务才会这样的吧。"艾比说完煞有介事地看了看自己的手。

"是的，她的手确实跟咱们的有些差别。"萝拉也特意望了一眼露丝的手。

我放下手中的盘子，满脸不悦："这有什么好讨论的！"

"我们也没别的意思，反正她也听不懂！"艾比和萝拉异口同声地说。

"但露丝是我的朋友，我听得懂！"我突然很来气，也许她们确实并无恶意，但我感觉这样讨论别人真的很没礼貌，"艾比，如果别人整天当着你的面说你胖，说你肥，你什么感受？"

"我没事儿啊，反正大家都一直这样开我玩笑。"她若无其事地回答。

不管怎样，我觉得拿别人的外表缺陷开玩笑始终不礼貌，即便当事人再怎样假装大度，内心肯定多少有些难过。我没有继续跟艾比讲话，而是快速把餐具搞定，准备出去透透气。

一切终于结束，我挨个把大家送上车。大家该回家的回家，该去教堂的去教堂，该逛街的逛街。我在路口站了很久，想着今天一整天发生的事儿，真是五味杂陈。

晚上，收到萝拉安全到家的留言，我舒了口气。再次想到她来一趟不容易，车票都要花300多克朗，又想起她曾聊到过她所在的小镇比较偏僻，买张手机充值卡都要去很远的地方，我便把自己收到的100克朗的充值卡送给了她。

碰巧凯西也在线，我们又聊了聊今天生日聚会发生的状况。我告诉她，她今天的话挺有道理但我没办法接受她的说话方式。她向我道了一个歉，同时也理性地给我提了一些意见。经过这次的摩擦，我和凯西对彼此的认识更深了一步。

接着她问我充值卡有没有充值，我说转送给了萝拉。

"你为什么要把充值卡送给她？"

"她来一趟的车费都要 300 多克朗呢，我觉得有些愧疚。"

"是谁告诉你的？"

"萝拉讲的。"

"我去过她们镇，打个全区卡，才几十克朗。"

丹麦人眼中的中国

　　记得我曾经看到过一则新闻说某些西方人对中国的印象还停留在男人留长辫的清朝时期，所以，我一直很好奇中国到底给丹麦人一种怎样的印象，在和卡尔他们交谈时便会稍稍留意一下提到中国时他们的态度。

　　提到中国，卡尔一脸向往的样子，虽然他去过东南亚，但他却一直没有机会游一下中国。而每次我提到火锅，他都会垂涎三尺，甚至还问我会不会做火锅。

　　而安妮眼中的中国似乎要逊色很多。

　　那天中午我正在给自己炒菜，安妮见状走过来说道："帕姆，你们中国人为什么要炒着吃菜呢？是不是因为中国的菜很脏，需要高温杀毒？所以，你才不爱吃沙拉吗？放心好了，丹麦的菜很干净的。"

　　"不脏，这只是中国菜的做法啊，炒着吃才好吃。"我解释道。

　　"但是这样吃菜不健康哦。"她说完挑了一下眉，笑着走了。

　　后来某次家庭聚会中，安妮和客人聊着聊着突然说道："中国的菜很脏，帕姆在中国都不吃生菜的。"

　　我一愣，不可思议地瞅了她几眼，不知她为何执拗地认为中国的菜很脏，并且还要给我扣个帽子。

等客人走后，我们坐在餐桌前继续聊天，不知不觉又聊到了互惠这件事上。

"帕姆，你觉得互惠什么最重要呢？"安妮喝了口红酒问我。

"经历，我觉得这份特殊的经历比什么都重要，将来回忆起来肯定特美好。"我笑了一下。

"难道你不觉得互惠的工资是最重要的吗？"安妮瞬间变得严肃起来。

"我一直觉得经历比钱更有意义。"

"可是在中国的话，3200克朗是很高的收入！况且你吃住还不愁！"

"在丹麦，3200克朗算是低收入吧，在中国也不算很高。"

安妮不依不饶，"那你之前的工作收入有比这高的吗？"

我最高的工资是3000元，确实没有高过3200克朗，我便摇了摇头。

此时，安妮才露出一丝微笑。现在中国在她眼中除了脏之外还有穷。丹麦的女人给我一种非常强势的感觉，每次和安妮讨论问题，都要以她胜利才能结束。

后来，安妮从中国出差回来，开始大聊特聊火锅，聊小笼包，卡尔更是羡慕得不得了。这时，安妮眼中对中国的印象又多了俩——美食多，交通差。

"我终于知道为什么你当时骑自行车不注意交通规则了，因为在中国的大街上有太多像你那样骑自行车的人了。"她一如既往地用有些夸张地语气说道。

这次我没有不服气，而是真心地觉得国内的交通确实有些混乱。

再仔细想想，也许安妮之前对中国的坏印象是有些夸大，但并不代表不存在那些问题。一个发达国家的人看一个发展中的国家，难免看到的是种种不足。就像我们去看越南，去看印度，或许也是相似的心理吧。

我有故事，你要换吗？

　　暑假的一个周末，安妮和卡尔决定要去霍尔特公园的露天跳蚤市场摆摊，把家里的一些旧物处理一下，希望转让给需要的人。我帮忙打包的时候，便忍不住询问周六我能不能加入。除了我真心想体验一下外，我也是真的有些衣物想要转让。

　　我一直认为在这里生活的时间久了，每个人都会爱上这些大大小小的露天市场。它们不仅方便了人们的生活，而且还真的物尽其用让每件物品都发挥其最大的价值。欧洲人对物品的喜爱与保养不同于国人，无论价值大小，都会很用心地对待它们。

　　跳蚤市场摆摊只需缴纳一点摊位费，所以，逛跳蚤市场时，我们往往会看到退休老人面前摆着各种古董瓷器，在职父母会摆一些小孩的旧衣服，一些学生会摆一些旧书籍，还有小朋友摆着自己的旧玩具。来这里淘货的不仅有收藏家，也有开二手店的时尚买手，也有单纯只为找人聊天的人。

　　记得不久前我和朋友一起去闲逛时，我淘到几张 1946 年印有孙中山头像的邮票，不同颜色不同面额；一副粉色雕花的首饰，据摆摊者说是其祖母留下的；还淘到几张发黄的旧明信片，上面的字迹已经模糊，但我相信上面依旧承载着美好祝福。这些宝贝曾让我激动万分。而想象自己摆摊的物品被别人淘到时的场景则又是另外一种激动。

周六如期而至，我早早地把自己的衣物整理好，把行李箱拖到卡尔家的车后备箱，便去了霍尔特公园。摆摊需早，挑一个合适位置尤为重要。

以前周六从朋友家回来时，经常赶早，途经这里时，经常看到摆摊的人，还有卖热狗的小亭子。摊主靠着亭子，一边喝咖啡一边张望。食物的香气混杂着热闹的人声，会引起行人驻足，甚至走进去逛几圈才甘心。

我们的摊位靠近公园墙壁，墙上爬着墨绿的藤蔓植物，几辆汽车随意地停在一旁，统一打开的后备箱里堆放着各自的家当。

支好摊位后，我开始整理自己的物品。一些我从淘宝代购的衣物，一些我买的旅行攻略书和丹麦语字典，还有一些不再喜欢的装饰品。

没多久一名丹麦中年女子便驻足在前，那件复古针织条纹蝙蝠衫，她摸了摸手感又看了看款式，似乎在考虑她穿上合不合适，踟蹰片刻她请我帮她拍张照看了效果，最终才满意地买走。也有女生拽着男友惊喜地凑了过来，她被那双马丁靴吸引，迫不及待地试穿再买走。

"请问这个多少钱呢？"又有个女士走过来，拿起我在 H&M 买的眉粉问道。

"80 克朗。"我回道。

见女士打开看了又看，安妮过来帮腔，"这是全新的都没用过呢。"

女士笑了笑，晃了晃手说："再便宜点啦。"

"好吧，那 50 克朗吧。"我也笑笑，交易成功。

　　很多女孩子都有这样的毛病，看到化妆品和护肤品总喜欢囤积，我也不例外。每次看到这些买来却被闲置的物品都会发愁，转送给朋友会被误认为没诚意，扔掉会又觉得可惜。这次的跳蚤市场给我解决了一个大问题，浑身都觉得轻松呢。而这个时候，物品的价格似乎也不重要了，交换到的心情才是最棒的。

　　我也一直想当然地认为，每件物品都有它的经历，每份经历都是段精彩故事。正是人们用物品交换着故事，跳蚤市场才成了丹麦人生活的一部分。

午夜哥本哈根火车站上演着百老汇

我的生日聚会刚过完，艾比便被她的第二任家庭解雇，解雇原因不详。QQ 群里，大家商讨着如何帮艾比物色新家庭。

纵观我们几个中国互惠生，每个人都经历过被家庭解雇的惨境。而艾比和萝拉是短时间内经历次数最多的两位。不知道是我们中国互惠生本身的问题，还是丹麦家庭的问题。抛开这些，剖析一下自身，我觉得自己问题很多。

还好，艾比很快找到新家庭，位置在奥尔堡。

而我在卡尔家也待了将近一年的时光，我决定给自己放个假。我还没有去过丹麦的其他城市，碰巧艾比说她的雇主家庭去海外度假，便约我去她家。

对我的年假天数问题，我和卡尔一家有了分歧，他们给的年假天数跟我预算的差很多天。不管怎样，公说公有理婆说婆有理，我们双方各自退了一步，最后我拿到了二十几天的假。

在凯西家的一次聚会中聊到我即将到来的假期，大我几岁的凯西和卡瑞娜便提醒我应该早点订火车票。我还没满 26 岁，卡瑞娜提议我办一张欧洲火车青年卡，因为持有这张卡才可以订打折的火车票。

　　几周后，看着打印好的火车票出发时间在凌晨一点半，我有些兴奋外加担忧。害怕走夜路，害怕错过最后一班小火车，我十一点便赶去了火车站。

　　哥本哈根火车站，一如既往地人潮涌动。我背着鼓胀的双肩包坐在一张长椅上，开始看电子书。我眼角的余光也时不时瞟一瞟周边来来往往的旅人，偶尔遇到求助的，能力范围内就帮一下。

　　"你是中国人吗？"突然有一名女子走过来问话。

　　我抬起头，看到一名长着精致小脸乌黑长发的女人，瘦小的身躯被一身休闲装裹着，她左手拖着一只超大号皮箱，右手牵着一名白净的小女孩。见状，我点了点头。

　　她大大的眼睛瞬间亮了，小心翼翼地问："能不能让我借你手机打个电话，没想到这里打个电话这么贵，手中的硬币全用完了，我们等下要去奥尔堡，联系不上亲戚，都不知道在哪儿下车呢！"

　　没多说，我便把手机递给她。她感激地一直说谢谢。

　　通完电话，确认了接车时间，女子紧绷的脸明显放松。她坐在我旁边开始和我聊天："小姑娘，你在这里干什么呢？"每次遇到这样的问题，我都觉得有些小尴尬，想了三秒，我忍不住撒了个谎："留学！"

　　"那你们这是在休假吗？"她又问道。

　　"是的。"我搪塞到，希望赶紧结束这样的话题。

　　这时，小女孩晃了晃双腿，稚嫩的声音响起："妈妈，这就是哥本哈根呀！"

　　女子转头宠溺地回答："对啊，你看是不是跟中国的城市不一样呢？"

　　小女孩嘟嘟嘴，若有所思般继续说："这里不同国家的人真多啊！"

女子正欲接话，突然跑来一名醉汉，一边打着酒嗝一边笑眯眯地问我："你来自哪个国家？"

我有些不知所措，女子把我向她拉近一些距离，凶狠狠地对醉汉说："去，一边去！"

"你到底来自哪个国家？"醉汉似乎有些不甘心，伸出手想跟我握手。

"还不一边去！"女子一巴掌拍掉醉汉的手，醉汉才悻悻离去。

"异国他乡，你一个女孩子要注意安全！我们的火车马上就到了，得去站台啦！"女子等醉汉走远，小声嘱咐我，然后牵着小女孩拖着行李走了！

长椅只剩我一人，我环视四周，不远处的醉汉还在冲我笑。我急忙看了看时间，才十二点，离火车出发还早。为了打发时间，我玩起电子词典上的游戏。

"你玩的也是PSP吗？"突然有个帅哥凑到我面前好奇地问。

"这是电子词典。"等我回答，帅哥早走到几米开外和朋友们说笑。

我无心再玩游戏，再次环视四周。午夜的哥本哈根火车站，终于安静了不少，客流量也少了很多。

"啊！"突然一阵怒喊声传来，还未找到声源，紧接着又传来一阵狂笑声。再定睛一看，大厅中央一名穿着宽松的秃顶男子光脚走过，他一边咒骂一边傻笑。他身后一名牵着狗留着爆炸头的女子同样光脚走过。

我还未回过神，不远处一群浓妆艳抹的女人笑着跟我打起招呼，"嗨！我们来自格陵兰，欢迎去那儿玩，哈哈哈哈哈！"我诧异地看着她们，她们笑得更大声了。不知她们为何那么开心，一时间整个大厅都是她们的笑声。

一名工作人员面无表情地开着清洁车呈 S 形打扫着车站卫生，看起来他对周围的事儿早就见怪不怪了。

这一系列的场景让我想到电影《飞跃疯人院》，也让我觉得这像一场百老汇表演。若不是订了凌晨的火车票，我肯定没有机会目睹这不一样的哥本哈根。

感性与理性：卡尔家提前终止合约

二十多天的假期，总算让我的元气值恢复到百分之一百二。而且从奥尔堡休假回来，我还收到了语言学校寄来的丹麦语二级证书，顿觉正能量满满。整个假期我也不断自省，调整了一下未来一年的工作和学习计划，打算一定要活出不一样的自己。

大半个月没见，卡尔第一句话便是："帕姆，你终于回来啦。"我看着水池中堆积的盘子，对这句话简直是秒懂。我笑了笑说："我也很想念你们！"

如果说以前我对互惠生这个身份还有所疑惑，还放不下身段，但时间轴划到这里时，我已做到真正意义上的释然。

我打扫卫生比以前更卖力，做事儿也比以前更快。我觉得卡尔一家人真的很好，所以，一定要给我的互惠生涯画个完美句号。

但有时候很多事无法按照我们预期的那样进行。

度假归来两周后。

这本应是个很平常的夜晚，烛光像往常那样摇曳着，我们像往常那样围在餐桌旁。

"帕姆，我们想和你商量一件事。"安妮说着停顿起来，似乎无法继续。

卡尔沉默了片刻接着安妮的话："下半年安妮不会经常出差了，而双胞胎已经长大了，不再需要照顾了，你看，平时也很少需要你照顾……"

我点点头，有些云里雾里，不知道他们要讲什么。

"所以，我们……我们决定要提前和你解除合约。"卡尔说着说着开始哽咽起来，"你知道我们特别舍不得你。"

安妮掉起眼泪。我也无声地哭了起来，脑海中瞬间飘荡起我到卡尔家第一个月，我们一起沿着小路遛 Lucky 时的对话。

"帕姆，你打算要和我们签多久的合同呢？"

"两年吧。"

"那你会不会突然放弃？"卡尔担心地问。

"我一定会坚持到底的。"我信誓旦旦地说。

我从未想过要提前离开他们，这一年多，虽然我们也有过小摩擦，但我们相处得非常好。卡尔和安妮像叔叔阿姨那样对我照顾有加，潜意识里，我也早把他们当成了我在丹麦的亲人。所以，我非常非常难过。

"我们真的舍不得你。"安妮哭着说。

于是，我们默默地流了很久眼泪。

"你还可以继续在这里住下去，直到你找到新家庭，不管有多久，当然超过半年就不可以啦。"安妮擦了擦眼泪笑道。

我也破涕而笑，这世间有太多的事不能靠情感来决定，不然"理性"这个词便失去了它的意义。

努力调整心情，我很快接受了与卡尔家并不完美的结局，并在接下来的两周内积极寻找新家庭。偏偏在这个时候，我的笔记本电脑坏掉，总是黑屏。卡尔见状，便把他的一部旧笔记本电脑送给了我。我对此真是既意外又感激，这也算解了我的燃眉之急。

有了这一年左右的经验，再找起新家庭可谓得心应手，我懂得了怎样与雇主家庭谈条件，也懂得了如何将自己的利益最大化。在当地一家互惠生中介网站注册了一个账号，完善了个人信息，我便开始挑印象不错的家庭进行联系。纵观整个网站，大多数家庭都有三个左右小孩。

面试的第一个家庭位于哥本哈根的一个老城区，离霍尔特比较远，先是坐火车到哥本哈根市中心，再转乘两趟大巴才抵达我和家庭约好的站牌，家妈也早已按短信中约定的时间等我。

听说这里住的中东人比较多，也有些乱，街道两旁的建筑也有些破旧。家妈开的车子更是左拐右拐才在一栋老房子前停下。

"这就是我家了，一栋老房子，不过，我家当前的互惠生还有一个月才走。"家妈热情地向我介绍。

走进客厅，沙发旁一名三岁小男孩在玩积木，看到我害羞一笑。我露出自认为最甜的笑容冲着他打招呼，小男孩更害羞了，起身跑到妈妈身旁问："爱丽丝呢？"

"爱丽丝马上就回来啦，她去幼儿园接你妹妹去啦！"女人说完，又冲我讲，"爱丽丝每天的工作就是帮忙打扫卫生，接送小孩去幼儿园，偶尔做一下晚饭。"我看了一下房子空间倒是不大，打扫起来应该并不困难。接着，她又带我去参观了一下互惠生的住宿，跟梅根的房间差不多。

基本情况了解完毕，这个家庭看起来也还行。女人说明天还有一个面试者，等面试完再通知要雇用谁。我也表示考虑一下。

面试完回到卡尔家时，已经下午五点，我收到第二个家庭的短信：

我们感觉你的条件不错，如果你有时间，我们希望你今天下午六点来面试，同时也希望你能帮我们做一顿晚餐。

本来对这个家庭印象还好，因为他们家没有小孩，之前咨询什么时候面试为宜，一直没收到回复，现在猛地收到这样的短信，不由觉得有些好笑。

安妮看了一眼短信，急忙摆手说："这样的家庭不要去。"

我笑了笑说："估计这样的家庭不好找到互惠生呢！"

晚上十一点，我才收到第三个家庭的面试短信。女主人表示工作太忙，现在才有时间回复。我们约好面试时间为第二天下午。这个家庭所在的小镇离霍尔特仍旧很远，比去梅根家还要远。

下了公交车，女人开车来接我，穿过很长一条羊肠小路才到达一栋孤零零的别墅前。看到这样没有左邻右舍的别墅，总有一种很荒凉的感觉。如果不会开车的话，出门还得骑很长一段路才能到达主干道，购物更是极其不方便。

别墅很大，给人很空旷的感觉。他们给互惠生提供的房间在独立的一栋小屋的二楼，一楼则是女主人的办公室。

我们一边喝茶一边聊彼此的条件。对于薪资，我没什么特别要求，3500克朗一个月，感觉还行。但这个家庭的地理位置，我不是很喜欢。这么大的房子，我也不喜欢。

"我是一个比较注重隐私的人，如果平时不是工作时间，我希望我们的互惠生待在自己的那栋房子里。"女人笑着说。她的话让我内心有了个小疙瘩，这样的家庭绝不会是我的首选。我笑了笑没讲话。聊到差不多了，我便告辞。我们商量无论彼此的结果怎样都会以短信通知对方。

一周很快就过去了，连着面试的两家要么还没回音，要么就是不符合我的心意。我压力竟大了起来。第二周的周六，我面试了第三个家庭，家庭位置在哥本哈根火车站旁边的小区。

这次是一名中东男人，他说他和妻子刚离婚，独自带着女儿，需要请一名互惠生帮忙。我有些狐疑地看着他。我去他家参观了一下，普通的两居室，并没有额外提供给互惠生的住所。

"我平时不在家，但我女儿会经常过来住，需要一个人住在这里，帮忙照看。"中东男人解释道。见状，我已百分百肯定此人目的不纯，便当即表示请他另请高明。

紧接着周日，我要去面试第四个家庭。

这个家庭的位置离霍尔特仅有两站，出行比较方便。开的薪资比较诱人，5000 克朗每个月，周六日加班的话，会按每小时 80 克朗给加班费。合约仅签四个月，属于短期互惠。之所以这样高薪资紧急招一名四个月短期互惠生，是因为他家当前的互惠生不辞而别，新招的互惠生还在国内办理手续。

想到我还有留学计划，如果四个月下来能攒到两三万克朗，学费就不用发愁了。我觉得这对我来讲，真是不错的选择。

当然，他家有三个孩子，有一个两岁半的哥哥和两个一岁半的双胞胎弟弟，这样牙牙学语的孩子带起来应该不轻松。不过还好，平时互惠生的重心都与孩子相关，做家务则没那么多要求。

当我把面试结果和我的选择告诉安妮时，安妮和卡尔超级不放心，还亲自和这个家庭的人聊了聊，最终确认没任何问题后，我才签约。

我终于在两周之内找到新的家庭，紧绷的神经猛地一放松，整个人开始有些茫然。我也终于得空思考一下，这半个月内如电影快进般发生的事。这些事让我明白，西方人几乎不会感情用事。即使感情再深，不适合的时候也会理性地说再见。这也是为什么他们总是很有原则的缘故之一吧。

最后的晚餐，全世界晚安

新家庭想让我尽快去报道，我也开始打包行李。

我把小木屋的门敞开，让阳光打进来。把地板拖干净，把桌子擦干净，把一切都整理好，我擦擦额头的汗珠，望着窗前的大树，突然有些伤感。

安妮突然出现在门口，神情有些尴尬，"下周一，我要出差，卡尔的工作也会很忙，帕姆，你能不能帮我们个忙？"

"什么忙呢？"我好奇地问。

"在我家多待一周，帮忙照看一下双胞胎。"安妮停顿了一下，又道："当然如果你不愿意的话，也没关系，我们会找一名兼职。"

"好的，那我们需要跟新家庭商量一下。"我立即答应。

"帕姆，你简直太好啦！"安妮也笑了起来。

"你们一家人也特别好！"我也跟着笑了起来。

等安妮离开后，我坐在皮箱上望着门口发呆。我极少像现在这样认真打量这个小院，院子里的月季花已不再繁茂，毕竟入秋了。大树底下的秋千一如既往地有些陈旧。曾打过照面的松鼠，似乎很久没见它在树上跳跃啦。

　　这十几个月的时光像一把砍在我身上的冰刀，留在记忆中那种冰凉触感还很真实，可砍下去的伤口却愈合了。我的感官，我的意念，一下子失去了方向。忽然想让这额外逗留的几天过得慢一些，慢一些，再慢一些。

　　直到周六下午卡尔问我告别晚餐想吃什么的时候，我的感官才正式恢复，终于到这一刻了。

　　"想吃你烤的牛肉和土豆。"我想了想说。

　　"我们平时会烤不同的牛肉，是一人一块比较厚的牛肉，还是切成一片一片的那种呢？"卡尔认真地继续问我。

　　吃了那么多次烤牛肉，却分不清这两种烤法的不同。

　　"切成一片一片的那种，请问那是什么牛肉呢？"

　　卡尔见我喜欢吃那种牛肉，稍微有点意外，"这种是一种墨西哥牛肉，经过特殊腌制，很多超市都有卖呢。"

　　反正，至今我都没记住牛肉的牌子，只记得牛肉入口时那种满足感。将来若有机会重返丹麦，希望超市还有卖，这样我就可以解馋了。

　　如果不是加上了"告别"俩字，其实这不过是一顿晚餐，正是有了之前的感情基调，才让这顿饭显得意义重大。

　　烤牛肉，烤土豆，沙拉和意面。

　　方桌和卡尔一家。

　　"记得你刚来我家的时候，特别讨厌吃意大利面呢！"安妮一笑。

　　"是的，那时候觉得意面的味道怪怪的，可是很奇怪啊，我现在很喜欢吃！"我也笑了笑。

　　接着大家都笑了。

接下来的一切都模糊了，只记得我们彼此的嘴巴张张合合，小孩子吃完饭又迫不及待地去吃雪糕，我们聊了很多又似乎只是在笑。

笑着笑着，大脑清醒时，我已走到木屋。

睡吧，最后一晚啦，晚安。

第三章

不能拥抱的短暂梦想
流浪的终点站

在一个个"第一次"中长大

　　这样我来到了皮特·安德森和丽萨·安德森家。跟卡尔家截然相反，皮特家不需要做家务，只需要照顾三个宝宝，老大克里斯托弗两岁半，老二尼古莱和老三克里斯汀是一对一岁半的双胞胎，三人同一天生日。

　　短短三个月内，我经历了更多的人生"第一次"。第一次推着婴儿车走在大街上，第一次给宝宝换纸尿裤，第一次哄宝宝睡觉，第一次给宝宝洗澡……

　　以前看到别的互惠生推着婴儿车走在大街上，我总会忍不住庆幸，那时我觉得自己绝不可能放低姿态做这种工作。而当事情真的降落到自己头上时，我又忽而发现脸面在现实面前一文不值。

　　宝宝们的每一个表情都是纯粹的，和宝宝们在一起的时光便也是纯粹的，我们一起喜怒哀乐。

　　有句话说只有为人父母时才懂父母心。在丽萨家，不知不觉中，我体验了一种当母亲的感觉，也瞬间理解了母亲对我的爱。

　　我刚来丽萨家时，克里斯汀已学会走路，也不再戴奶嘴塞，而尼古莱还叼着奶嘴塞在地上爬来爬去。没过多久，尼古莱便开始学着自己站起来，每次一站起来，他都会眯着眼睛笑。再后来，他开始尝试站起来后往前迈步,但每次刚一抬脚便会摔倒。

我清楚地记得圣诞节前一天下午,尼古莱爬了会儿后站了起来,然后冲着坐在一米外的我笑。我明白了他的意思,急忙张开双臂,他便快速地朝着我走来,跌落在我怀里的瞬间,他"咯咯"地笑个不停。就这样,我见证了他学会走路的瞬间。

那真的是一种幸福捎带着欣慰的感觉。

父母看着我们从呱呱坠地,到学会走路,再到学会说话,最后再长大成人,应该也是这种感觉吧。这份爱需要时间才能懂。

这三个月的经历,让我提前学会了如何做一名优秀的母亲,也让我提前懂得了感恩父母。

给三个宝宝换纸尿裤是一种什么样的体验

皮特家需要我同时照看三个宝宝，换纸尿裤这项能力挑战赛注定无可避免。我对纸尿裤还仅停留在电视广告上的印象，第一次尝试也真可谓笨手笨脚。

胖嘟嘟的尼古莱总喜欢叼着奶嘴傻笑，别看他还不会走路，爬行速度不输于小白兔。嗯，看在他长得也像小白兔的份上，我决定先拿他练手。瞅准时机，趁他不再乱爬之际，我把他抱到沙发上。前三秒他以为我们在做游戏，小手扶了扶奶嘴冲着我傻笑，等平躺在沙发上那一秒，明白了我的目的，他便拼命扭动身子。我一只手护着他，一只手想尝试解连体裤的扣子，没想到，他"哇"一声号啕大哭起来。

"你这样换纸尿裤是不行的，来，看我的。"皮特看到我的窘相，走过来冲尼古莱做着鬼脸，小家伙儿不仅停止哭闹还神奇般笑起来。皮特趁机快速地扯开纸尿裤，用湿巾帮尼古莱擦了擦屁屁，顺手把新的纸尿裤垫好，脸部不断更换表情吸引尼古莱注意的同时，纸尿裤已悄然换好，最后裤子重新穿好，尼古莱被抱下沙发时还在笑。

这个奶爸真厉害！

　　我如法炮制，给克里斯汀换纸尿裤的时候，果真顺利不少。一口气帮三个宝宝换好纸尿裤，虽称不上汗流浃背，但也着实有些累。我挺直有些发酸的腰，擦擦额头的汗珠，看着他们围着沙发打闹，一股笑意从心田直冲到嘴角。

　　原来给宝宝换纸尿裤是这般体验。

山丘与原野，暮色蜿蜒

刚到皮特家一天，还未整理好衣物，次日便启程去日德兰半岛中部的一处度假屋。从哥本哈根出发到目的地，需要将近五个小时的车程，中间还要换乘渡轮。

车子在羊肠小路上七拐八拐，终于抵达一处林场。暮色中，一栋小木屋孤零零地杵在那里，没有灯火，没有邻居。度假屋背靠一座种满松柏的山丘，除此之外皆是原野，雾霭笼罩，一望无际。天刚下完小雨，泥土小径有些泥泞，车后两条深深的车辙蜿蜒至大路口。

11 月的哥本哈根已有很大的寒气，可眼前的景象，让人的呼吸都透了凉气。

皮特拿钥匙打开木屋的门，我帮着丽萨把孩子们一一抱进屋。打开无线网络，通上暖气，这里才有了一丝人气。好在这栋木屋内的装备齐全，撇开地理位置因素，跟住在哥本哈根的家里并无两样。稍作歇息，喂了小孩子一些食物，我们便开始整理行李。

我被安排在二楼的一间小屋，挨着宝宝房。放下背包，我便顺手打开窗子透气，没想到一窝两厘米长的果蝇猛地随之散落，黑压压一片苟延残喘般蠕动着，真是触目惊心。一阵鸡皮疙瘩后，我找来吸尘器做清理，但仍有一只漏网之蝇，不断绕着台灯拍打着翅膀，怎么轰都轰不走。新鲜空气充满房间后，我重新把窗子关好，还是不断有虫子撞着玻璃想要钻进来。烦乱的心情还来不及收拾，我便匆忙赶到楼下陪小孩。

壁炉中的柴烧得正旺，电视机中正播放少儿节目，小孩子们围着沙发跑来跑去。壁炉旁边是一个小书架，放着几本厚厚的大书和几摞杂志。跑着跑着，尼古莱不小心摔倒，额头撞在茶几角上，一阵哭声刺激到耳膜，我惊慌地跑过去查看，丽萨闻声也走了过来。没有大碍，可尼古莱还是哭个不停，丽萨说他们饿了。

晚上八点了，大家都应该饿了。但第一天，大家都很疲劳，晚餐便从简。给小孩洗完澡，放进宝宝房，我终于可以休息了。

沾床的那一刻，太阳穴在突突狂跳，血液不断翻腾，耳畔再伴着苍蝇振翅的声响，我整个人的神经都要崩溃了。这注定是一场不轻松的度假。

睡梦中，我被小孩的哭声吵醒，下意识地从床上坐了起来，摸出手机一看才凌晨三点，又下意识地瘫在床上，这时楼梯中传来一阵脚步声，应该是丽萨给小孩喂奶粉了。我用被子蒙上头强迫自己入睡，大脑却异常清醒。继续躺了一两个小时还失眠，我只好再次坐起来，打开电脑写起文章。望向渐亮的窗外，仍是一片腾升的雾气。此刻，我竟觉得自己是《呼啸山庄》中的希斯克利夫。

六点左右，我洗漱完毕下楼，发现皮特一家人已先我到厨房，开始准备早餐了。

"怎么样？还习惯嘛？"皮特一边切面包片一边问我。

虽仍略感疲惫，我还是点点头说："还好。"

我摆着餐具，丽萨把小孩一一放在宝宝椅上，每人递给他们一小块面包,再给他们倒好果汁。然后大家围在一起聊天。

"等下吃完早餐,我们一起去山上看看。"皮特一眯他的眼睛,看起来只有一条缝,"看之前种的圣诞树有没有长好。"

九点左右,我们穿好羽绒服,给三个宝宝穿好户外服,再放进一个手推车中,然后准备进入这片山林。皮特手持猎枪在前面开路,丽萨紧随其后。望了望上山的路,负责推车的我,整个人都被吓到了。三个小孩和车的重量并不比我的体重轻,逆行而上果真累得我气喘吁吁。

山路狭隘崎岖,雨后的道路有些泥泞,我吃力地推着车子逆行而上。冷冽的空气卷着泥土的味道直冲鼻孔,林里时不时传来"啪啪"的叫声,像是冬天里垂死挣扎的巨鸟扑棱着翅膀。置身于松柏中,我们一行人的前进速度有些慢,皮特拿着猎枪紧了紧身上的皮衣,加快了脚步。

"等下打到一只鸟,烤着吃了!"他的声音伴着"簌簌"的灌木丛林摩擦的声响在前方回荡。

才走了短短几百米,一身臭汗已把羽绒服紧紧黏在我身上,我喘着粗气加了把劲儿,小腿肚子猛然一酸,脚下一个趔趄,整个身子不由往后仰去,手中的推车也开始向下滑……这崎岖的山路,人车滚下去那还了得?来不及慌张,我已吓得透心凉。幸好皮特和丽萨及时拉住推车,我才稳住身子。

"哈哈哈,没想到你的力气这么小,看来是缺少锻炼,以后得多多练习哦!"皮特转过头冲着我一笑,"要不是丽萨的手受过伤,她就和你一起推车啦!"

我满脸的"黑线",心想这家伙真不地道。推着三个小孩逆行在崎岖的山路上,成年男子恐怕也很吃力吧!我尴尬一笑,没有言语。

"前面的路更不好走了，你还可以坚持吗？"皮特用脚踩了踩灌木丛。

看到前面几乎是一个 90° 盘旋的拐角，我急忙摇了摇头。

皮特见状单手抱起老大，丽萨也俯身一起和我推着车子，最终费了九牛二虎之力，我们才顺利走到半山腰。这才走了一半的路程，我深深喘了口气。

剩下的路程，耳畔都是自己呼呼的喘气声，以至于大脑深处的配乐都变成了白噪音。当我们抵达山顶时，宝宝们已经睡醒一觉，开始哭闹。丽萨站在原地抽烟，而皮特走向了几百米外的荒草丛中。

"那里埋葬着皮特的父母，你能看到吗？"丽萨指着不远处。

我眯着眼望着皮特的方向，寂静的林子弥漫着薄薄一层雾，半米高的荒草一片枯黄，身材偏瘦小的皮特的背影此刻看起来竟有些萧条。这样的场景让人莫名地伤感。

下山的路似乎轻松了不少，我甚至故意推着车子小跑一会儿，宝宝们开心地不断挥着手中的松柏枝。

回到木屋，我直坐在地板上，然后有气无力地帮宝宝们脱掉防护服，换上室内装。丽萨拿出酸奶给他们吃，接着哄他们入睡。

简单地吃了点午饭，丽萨问："等下皮特要去打猎，你要不要去看？"

对于普通公民拥有枪支，我多少有点好奇。

"砰！砰！砰！"一阵枪响随之而来。

我立马合上笔记本跑下楼。

屋后草丛中，丽萨半蹲在一个小土丘上，不断向空中扔着轮盘，皮特则手持猎枪一瞄一个准，轮盘在空中瞬间开花，伴随着火药味四崩五裂散落在地上。

　　人生中第一次见别人开枪，虽然是猎枪也足以让我兴奋。这种场景最能呼唤出人类内心最原始的冲动，恨不得回到新石器时代，开采狩猎活出一片野性。

　　没做任何交谈，丽萨专注扔轮盘，皮特专注射击，我站在一旁静静地看。有凉风从松柏林端俯身冲来，除了唰唰的树枝摩挲声响，便是有节奏的枪声。

　　没多久，三个宝宝睡醒，开始在房间里闹腾，我又开始忙碌起来。这一整天对我来说似乎格外的漫长。

　　从未这样百分之二百做一件消耗体力的事，比刚到丹麦的时候还觉得累，衣服没换就躺在床上，太阳穴突突直跳，脑血压也在飙升，似乎随时都会脑溢血。我正盯着屋顶微微晃动的吊灯发呆，一股液体瞬间从鼻孔喷薄而出，我下意识用手拦截，竟然流鼻血了！

　　鼻血似乎没停止的意思，但我实在没力气动弹，便使劲扯了纸巾胡乱擦了几下，再搓了纸团塞进鼻孔，继续盯着吊灯发呆。直到整栋楼都静了，我才趿拉着鞋子慢慢走向卫生间，洗把脸看一眼镜中的自己，再洗把脸看看镜中的自己，如此反复。

　　没有惊慌，也没有特别的感悟，大脑死机了。

愿孤独的灵魂都能得到安放

有亮光透过窗子照在床上时，我挣扎着起来。浑身的酸痛让我对昨天的记忆又加深几分，打开窗呼吸了几口新鲜空气，闭上眼在心中默默想，有些现在经历的事，将来一定不要再轻易选择。

给自己打打气，走下楼开始帮丽萨给孩子们喂早餐。

"你说咱们接下来的日子都待家里怎么样？"皮特一边在面包上抹黄油，一边笑着问。

这简直不敢想象啊，这么长时间，这么多人待在偏僻的小别墅里，前不着村后不着店，拍恐怖片都不带这样的。如果单纯地度个假还好，但全天要陪着小孩子玩可不轻松呢。

"真的吗？"我脱口而问。

"假的。"皮特大笑了一下，"今天咱们要去镇上逛逛。"

我下意识地问："离这儿远吗？"

"不远。"他喝了口咖啡停顿了一下，继续道，"开车也就两三个小时吧。"

我印象中对不远的定义似乎有些不同，乡村到乡镇的车程在半小时内才叫不远。我有些无奈地冲他一笑。

突然间，三个小孩又开始玩起乱丢食物的游戏。比如克里斯汀把塞一半在嘴中的面包猛地甩到餐桌，尼古莱配合般把勺子扔到地上，丽萨急忙说："Nej! Nej! Nej!"制止的命令并不起效，俩人扔得更厉害了，连大一岁的托弗也开始拍桌子。我及时用湿巾把宝宝满手的黄油擦掉，并俯身去擦地上的食物。他们却觉得更好玩了，咧咧嘴角恶作剧般开始朝着四周乱扔，屋子里一时有些吵闹。

皮特有些生气，站起来猛地把婴儿椅拉到离餐桌一米开外，宝宝们呆了几秒瞬间破音哭了起来。丽萨对皮特的做法无动于衷，也不去安慰哭得很凶的小家伙们。我有些尴尬地看着他因生气而略红的脸，不知所措。

今天注定是个好天气。阳光明艳得不像话，出门时山林中笼罩着的雾都退了，待在车里竟还觉得有些热。车载 DV 上放着天线宝宝，三个小孩看得不亦乐乎。我调整了一下车窗挡光板，悄悄打量倒逝的风景，很长一段路都是墨绿色植物，偶尔看见一两座孤零零的度假屋。没多久，宝宝们安静地睡着，我也开始闭目养神。

抵达镇上时已中午，大家决定先找家餐馆填饱肚子。车子停好时，双胞胎还沉浸梦乡，皮特抱起老大去不远处的一家餐馆看有无空位，丽萨站在车旁抽烟。

繁华的小镇，熙攘的人群，跟哥本哈根大同小异。我环视着四周，若是单纯旅行的话，我可能不会选择来这个镇，抑或说再也不会来这。热闹比不上国内，景色比不上乡下，这种不温不火的感觉会让人兴趣大减。

等丽萨把烟头扔在地上时，皮特肩扛着老大刚好探路回来。听皮特说有位子，丽萨轻轻摇醒双胞胎，安置到婴儿推车上，由我推着向餐馆走去。

虽说我平常和朋友们也有外出就餐，但还是以中餐馆和泰国餐厅居多。这是我第一次有带宝宝进丹麦餐馆的经验。进门第一件事，丽萨和我便带着宝宝去育婴室换纸尿裤。一排整洁的宽凹槽平台可以让宝宝平躺，方便妈妈们换纸尿裤。对面的墙上有自动贩卖纸尿裤湿纸巾的机器。一切都如此方便。这次，宝宝们似乎知道不是在家，竟没有哭闹。我们很顺利地换完纸尿裤。走到餐桌时，服务员已经把婴儿椅准备好。

披萨薯条三明治汉堡意面沙拉，菜单翻来翻去也就是这几样。小孩子们很快吃完，便过分活跃起来。三个小孩开始围着餐桌转圈圈。这时，皮特便提议带着小孩去儿童房玩一会儿。没想到这么小小的一家餐馆竟还有儿童房。

一间不大的房子里，摆放着乐高大积木，还有一座被透明塑料罩着的滑梯，滑梯周围是五颜六色的玩具球，宝宝们见状立马钻了进去，玩得不亦乐乎。

下午气温有所下降，冬天的凉风打在脸上，冷得人鼻涕横流。但皮特和丽萨逛街的兴致依旧高涨，从这家衣店到那家鞋店，购物购得不亦乐乎。我时不时把推着婴儿车的手缩回袖中，用嘴哈几口热气，再拍拍冻僵的脸，祈祷赶紧回去。不然，我都要冻成筛子啦。

这个季节的丹麦，天黑得特早，才下午四点，街上的人看起来便有些模糊了。游人似乎也一下子减半，街道慢慢冷清。偶尔有戴着围巾端着热咖啡走过的人，我羡慕得流口水。

看来购物是女人的天性，丽萨买了大包小包后露出满意的笑容。下午五点，我们终于开车往回走。

孤零零的小路，偶有昏暗的路灯。我们的车子慢慢地行驶在上面。在车里，我身体终于回暖，突然感动得一塌糊涂。等将来，我一定要选同样的季节，自己开车驰骋在这片土地上，到时候，我想停就停想开就开。

　　回去的路才行驶了一半，皮特突然说："等下，我们要去教堂。"
　　我的肚子不争气地咕噜响了几声，啊，教堂？不是说好要回去
的吗？热咖啡还在冲我招手呢。
　　"因为我们信仰基督，每年的这个时候，都会来这座教堂祷
告。"他继续说道，"你知道基督教和天主教的区别吗？"
　　"噢，听说过一点点，但不是很了解。"我一边回答一边思考
宗教的问题。
　　"你们中国人都信仰佛教，是吧？你信仰什么？"他话锋一转，
果真抛出一个宗教问题。
　　对于中国人的信仰问题也算是老生常谈啦，网上相关争论一搜
一大把。我嘴角扬起，慢慢说："有部分中国人信仰佛教，当然也
有完全没信仰的中国人，我信仰……"
　　"嗯，是什么？"他似乎有些好奇。
　　糟了，不知道道教用英语怎么讲。
　　"我不知道它的英文，但是你知道太极（外国人生硬发音）
吗？"我的双手来回比划了几圈，继续说："很多老人大清早练习
这个。"
　　"哈哈哈，有趣。"
　　"但，我也不是完全信仰，只是喜欢它的养生理论。"

　　谈话间，车子驶出大路，拐进了一条曲折乡间小路。路的尽头
是一栋中世纪风格的教堂，教堂门口上空悬挂着一盏旧灯，发出微
弱的光呈弧状散开。停好车，我们走下车，我才认真望了一眼几百
米外的教堂。

周围静悄悄的，脚下一条石子砌成的小径直达教堂门口，我感觉有凉凉的颗粒落在脸上，抬头看才知道下雪了。小径两旁的复古街灯瞬间亮起，飞舞的雪粒在黄昏的灯光中美得不可思议。教堂旁边的木门被人轻轻推开，有修道士钻进去，不一会儿，悠扬的钟声开始在冰冷的空气中一边回荡一边传去远方。

石子路的两旁点着很多白蜡烛，蜡烛的旁边还有一束束鲜花。我细看了一眼，才看清每根蜡烛后面都有一块墓碑。目光落在的一块墓碑上，黑白照片中一名阳光的男生搂着一只金毛犬笑容温暖。墓志铭上记录了他的生命周期：1989-2010 年。看到这里，也许是出自对生命的敬畏，也许是看到他和我同岁，我有了些许伤感，鼻子隐隐发酸，忍不住深深叹了口长气。快要圣诞节了，那束花应该是他父母放的，那支蜡烛应该是他父母点的，也许他们正坐在教堂默默祷告。

天色愈发黑暗，有车辆陆陆续续地开来停在一旁。下车的男士都穿着正装，挺拔的西服整齐的领带，女士则穿着黑色系衣服。钟声停了，人们轻声打着招呼，一一走进教堂。

我们紧随其后，推门而入的瞬间，映入眼帘的是教堂正前方大大的十字架，以及绑在上面的耶稣像。右边是一个约一米左右的讲台，后面是成排成排的蜡烛，烛光摇曳中，老院士站了上去，他翻开大大的圣经，对着麦克开始致辞。

从讲台到门的距离是一排排木制长椅，人们一一坐好。因为皮特家带着小孩，我们特意坐在了最后一排。

"各位兄弟姐妹晚上好，很高兴大家每年都来到这里……"老院士的声音有些颤抖，他讲了很久很久，还一一点到在座人的名字。我只能听懂一些简单的语句。

后来，大家集体起立低头默默祈祷片刻，接着有人弹起钢琴，大家齐齐唱起诗歌。我不信仰上帝，但是此刻却被大家的歌声深深感染。后来我想，人类带着最原始的孤独凄苦地来到这世间，生命无法永恒，感情不能长久，所谓宗教不过是人类精神的寄托。而活着的我们无非就是在寻找一个可以安放自己灵魂的地方。

　　回到小木屋时，已经很晚。我却有史以来把饥饿困顿抛到了脑外。

　　愿活着的人早点找到人生的真谛，愿安放的灵魂抵达新世界。

万物复苏，光明总会穿过黑暗

　　去年在卡尔家的圣诞节记忆犹新，圣诞晚餐上看谁会吃到代表幸运的花生，手牵手在房间里围着圣诞树跑来跑去，唱着丹麦语的圣诞歌，浪漫温馨。

　　皮特去圣诞森林砍了一棵小松树，摆在客厅里。我们几个大人拿出小挂灯，彩带等装饰品一一挂满整棵树，然后再把包好的礼物堆在圣诞树底下，一派喜气洋洋。

　　皮特的所有孩子都在，和前妻的一对儿女，还有和丽萨的三个儿子。还有他一些朋友及小孩，将近30个人出现在这里，屋子显得狭隘局促不少。

　　小孩们戴着圣诞帽一边吹着玩具口哨一边打闹，宝宝们则追着音乐玩具汽车玩耍，大人们在厨房忙碌着做饭。一会儿有小孩摔倒，哭声震天；一会儿有桌椅倒地餐具摔碎，噼里啪啦哐啷啷响。这里的声浪可以把屋顶掀掉直冲云霄。

　　直到电视里丹麦女王开始致辞祝愿她所有的子民圣诞快乐时，屋里瞬间静了下来。大家不约而同地涌现在客厅，孩子们乖乖地坐在沙发上，丹麦女王致辞结束，开始播放丹麦国歌，众人跟着唱了起来，音调激动而高昂。

完毕，大家开始欢呼，大人们开香槟喝红酒，小孩们又恢复刚才的兴奋状态。声浪一波继一波，屋顶似乎也随之颤抖。

玩闹一会儿，开始拆礼物。这应该是小孩子们最期待的一刻吧。

土豪般的家庭，给孩子们的礼物自然不在话下，看到小孩们或震惊或欣喜的模样，无异于中国小孩收到大金额红包时的样子。

我给三个小宝宝准备的礼物是从 H&M 精挑细选的童装，当他们拆开礼物时有一些惊讶，似乎不敢相信这是我送的礼物，难道以前的互惠生都不送礼物吗？不管啦，反正我特别期待宝宝们立马穿上衣服，他们穿上应该很可爱吧。

卡尔告诉我他们一家很喜欢我送的礼物。我给他家的双胞胎准备的也是 H&M 的衣服，按照他们最爱的颜色，一件蓝色一件橘色，给卡尔和安妮准备的是围巾。

看到两家的人收到我的礼物都很开心，我也觉得开心。

我收到的礼物是一张购物卡和一双紫色的针织袜子。这双袜子是丽萨的妈妈亲手织的，我们仅在圣诞节前夕做姜饼时见过一面，没想到老奶奶竟然给我织了双袜子。手织线袜是我童年的回忆，承载着很多成长的故事。这对我来讲，无疑是最特别的一个礼物。

客厅里的烛光、壁炉里的火光、电视机里的动画片，让这一刻显得格外温馨。

大家围坐在餐桌旁，餐桌正中央放着一只大大的烤鹅，一盘土豆泥和沙拉。因为有了烤鹅这样象征性的圣诞食物，让这次圣诞看起来格外传统。我脑海中莫名浮现卖火柴的小女孩透过烛光看到香喷喷烤鹅的画面。

时光在这片土地上变迁了两个世纪，人们不再生活在饥寒交迫中。万物总会复苏，光明总会穿过黑暗，旧时代总会过去，这个世界终归会越来越美好。

在人世的荒芜里，生根发芽

　　丹麦人口密度低，为了避免人口负增长，丹麦政府正鼓励居民积极行使生育权，连拍摄的宣传片都在朋友圈疯传。

　　在丹麦的华人还是蛮多的。在哪儿都能遇到华人。

　　碰巧最近刚翻读《瓦尔登湖》，里面有段话让人深思。大意是说人们为了所谓更好的生活，背井离乡远走天涯散落在世界各个角落，把生活最本质的意义抛到脑后，这短暂的一生从此仅为金钱而活。很多这样的人，没见过正在飘落的树叶，没注意过正在盛开的小花，没闭着眼感受过风的温度，更没在躺椅上享受一个闲暇的午后。在这个如今处处标榜成功和金钱至上的年代，那些还在坚守精神世界的人们便显得难能可贵。

　　在哥本哈根，我遇到一名泰裔华人老板，在某个镇上开了一家泰式餐馆。偏僻的位置，人烟稀少的丹麦小镇，一个小小的餐馆，我不由怀疑其盈利情况。餐馆老板乍一看和香港明星曾志伟有一两分相像，不过笑起来比曾志伟好看得多，暂且叫他华先生。

　　华先生祖籍福建，儿时随父母移居泰国生活，讲一口流利的泰语和英语，华语却讲得磕磕绊绊。几年前，他只身一人来丹麦闯荡，从底层做起，后来开了这家餐馆，便把妻儿也接了过来，算正式生活在丹麦了。

得益于我们这群互惠生中唯一的男同胞小新，我和凯西才有机会吃上久违的火锅。小新善于人际，才短短数月，朋友网已织得密密麻麻，他和华先生在某次社区活动上认识，碰巧华先生需要一名懂中文的人跟中国人谈生意，便请了小新时不时帮忙看看货单，当然是有报酬的。也不知是谁提议吃火锅，我们三人便在周六的晚上聚集在这里。

我们三人在厨房洗菜，一边洗一边听华先生讲他的故事，看我们择菜切菜笨手笨脚，他还忍不住指点一番。厨师一边忙着给客人做菜，一边忙着从洗碗机里拿出碗碟，我们的到来让本就狭小的厨房变得愈加拥挤，所以厨师的脸看起来臭臭的。

锅子是华先生特意从家里拿来的，火锅料是华先生提前熬了大骨汤秘制而成，再扔几片香菇进去，光是闻一闻就垂涎三尺，肉片是华先生亲手切的，厚薄均匀形状规则并不比机器切的差。等汤咕嘟一响，我便迫不及待地涮了第一片牛肉，再快速沾一点酱料塞到嘴中。嚼一口，味蕾终于得到慰藉，咽下去，胃里的空虚开始四处逃窜。火锅香气开始弥漫氤氲在身体每一个细胞，赶走了这个异国冬日的寒气与伤感。

兴许是在异国他乡华先生没有与友人把酒言欢的机会；也许正是年少的我们让他想到了当年热血方刚的自己；或许是餐厅少人问津，我们的到来徒添一些人气，他显得格外开心，聊起天来更是滔滔不绝。吃到尽兴时，他还跑到厨房给我们调了几杯饮品。

起身告别时，天色已晚，漆黑的夜色中已无法辨别建筑和树木的形状，这又让我想到中秋节后的那个晚上，一样的荒芜，一样的凄冷，一样的陌生与伤感。

车子就这样行驶在曲折的小路上，穿过一个镇又一个镇。

付出才懂幸福来之不易

　　尼古莱发烧了，39.7℃，都快40℃了，这个不到两岁的小家伙看起来非常痛苦，趴在我怀里睡了很久。我急得在网上搜一些理疗的方法，有人说拿冰水敷头、用热水擦澡、多喝白开水、用热水擦拭宝宝的手心脚心……我一摸他的小脚很凉，便不停地用手给他暖着。

　　一个母亲生养一个孩子所付出的感情真的无法估量，很庆幸在我未生育前能体验到这种付出感情的幸福。

　　我对人生也思考了很多。人或许有点信仰才能活得简单快乐，大多西方人信仰基督教，有一部分中国人信仰佛教，无论何种宗教都劝人现世为善。作家有了信仰，他的文字也就有了灵魂。就像某李姓作家那样，他学佛后，文字中便开始渗透着禅理。我一直想修的是道，修自己的心，有了这样的信仰，我想我也不必整日心神不宁了。有信仰的人身上往往散发着正气，邪思不易入侵。

　　我现世为善，那么我所修来的福气也会带给我的亲人。我所期望的便是我和我的至亲在现世一切安好。

　　我在想我上辈子是不是一个吃斋念佛的深闺怨妇啊？若不是的话，那为什么我放着灯红酒绿的花花世界不懂得去享受，却一直想着和道结缘呢?

言归正传。

宝宝发烧，作为妈妈的丽萨看起来却格外镇定。她测量了宝宝的体温，开始喂他们吃冰淇淋，说这样可以降温。

"不用打针不用吃药吗?"我有些担心。

"如果今晚过后体温上升，我再喂他们些退烧药。"她说。

吃完冰淇淋后的宝宝安静不少，躺在沙发上睡着了。

我也没什么忙可帮，便提前回房间休息，但一晚上，睡得却很不踏实。直到第二天见宝宝烧退，我才安心。

音乐与滑雪的国度——奥地利

　　这次能去奥地利滑雪胜地萨尔斯堡（Salzburg）的萨尔巴赫（Saalbach）度假村的四星级酒店住一周实属幸运。

　　挪威航空的飞机上没有免费的机餐，反正飞程很短，我能控制住自己在飞机上刷卡买食物的欲望。这次在飞机起飞后我就一直拼命地嚼口香糖，所以，耳朵没有出现像第一次坐飞机时那样的疼痛感，看来这招对我来说比较管用。

　　飞机在萨尔斯堡机场落地，机场巴士把我们送到机场大厅。天空飘着雪，来接我们的出租车司机迎了上来。我坐的那辆车的司机偏胖、长着大大的"啤酒肚"，头发是红褐色的，后面扎着蓬松的小辫，胡子很长，右耳带着一只金属耳环，看起来有些随意也很热情。车子行驶在马路上时，这位司机大叔猛地拎起一大桶可乐喝了起来，一整路上他都时不时喝上几口，太可爱了。

　　天是阴的，路上有些雾气。车子行驶在蜿蜒的马路上没多久，我便望到了雪山。我有为之一振的感觉，仿若整个人受到一次圣洁的洗礼。那种被自然景观所带来的心灵震撼使我坚定了以后要环球旅行的信念。

　　雪山一直看似触手可及近在眼前，可是车子抱山环行了将近两个小时，我们依旧没有到达山顶，不过终于在我们预定的酒店门前停下了。这一路上的雪景很漂亮，只可惜我坐在车里只能走马观花看一遍，不能下车走走拍几张美照。那些屹立在茫茫白雪中的树挂满了银白色的雪，乍一看真的像开满了银色的花，此刻我也不能免俗地想到了那句诗"千树万树梨花开"。而我们更像穿梭在白雪童话世界里的行人，大自然又让我们梦幻了一把。只是我们前面的公交车有点大煞风景，再加上我拍照技术有待提高，所以，照片没拍出我看到的感觉。

关于这个度假村，有点小，没什么好逛的，所以，还是滑雪比较好。坐了电缆车去了山顶，真的很冷。雾茫茫的一片，没有边际，感觉天山合一了。

作为互惠生的任务，就是推着小雪车带着宝宝们在雪地里玩，这可真的耗体力。若是要外出吃饭，我还要负责在雪地里以及陡峭的山路上推着宝宝们出行。

再加上我没有滑雪服，也没雪地靴，穿着普通的棉衣，我的脚被冻得非常麻木，回到酒店需要好好泡热水才得以缓解。我不会滑雪，也没有机会去滑雪，只能来回看看玩得兴高采烈的游客们。

晚上累到虚脱，过于劳累便睡不着，不凑巧又流鼻血了。于是冲到洗手间各种清洗，再看看镜子中自己发黄憔悴的脸，忍不住轻轻叹息几声。

碰巧是除夕夜，我用纸巾堵住鼻孔，躺床上拿着手机看春晚直播，手机里热热闹闹有说有笑，我却感到一丝凄凉。酒店的网络不是很好，微博和QQ都刷得不尽兴，后来干脆躺着发呆。幸好，这样的日子只有几天，很快就可以结束啦。

虽然我没机会像游客一样痛痛快快玩一场，但仍旧感恩得益于皮特家出行的机会，我才能住到四星级酒店，才能置身于奥地利的滑雪胜地。若是单纯地靠我自己，怕是多花几年时间工作才可以实现这种旅行。

　　天依旧在下雪，起床依旧很早。返程的出租车还是来时那辆，司机大叔甩着满天麦穗辫，很开心地啃着一个苹果。

　　车子里放着淡淡的音乐，一直盼望着的结束就这样突然结束时竟跟预想的场景一点都不一样，总觉得自己在很漫长地熬着时光，却怎么也没想到弹指间便做了一场梦。

行走在冬夜的冷风中，再见皮特

休假前，皮特家新的互惠生已经抵达，他们正在为她补办着各种移民手续。

记得去奥地利滑雪前，我们有聊到过合同最后两周我假期的问题，皮特再三强调会为我保留房间不会让新的互惠生搬进来，直到我合同结束回国。

没想到我休假回来后，我的房间已经被新的互惠生入住了。见状，我瞬间有了"人走茶凉"之感。可我还没走呢，离合同结束回国还有几晚。

"不然你先用睡袋在书房将就一下？"皮特满脸歉意。

"谢谢啦，我暂时借住朋友家吧。"我忍着情绪，强挤上几丝笑意，开始收拾行李。一切收拾妥当后，我拎着行李去了凯西家。

写到这里，我很庆幸有互惠生同胞相邻，不然，临回国还要悲愤几天，真不值当。

丽萨发短信说要吃顿告别餐。

看来丹麦人很注重告别仪式，我爽快答应。

在去他家的路上，我买了束粉色月季（我简直对这花情有独钟啊），放到鼻前闻了闻它淡淡的清香，再望望蓝天白云，一时觉得舒畅无比，往日的压抑彻底烟消云散。

　　刚上楼就看到尼古莱叼着小奶嘴在玩积木，他抬眼看见我，一下子变得万分开心，傻笑着冲进我怀里。我为之一动，顺势把他抱起来，小孩子的感情才是最纯碎的。而他的双胞胎弟弟有些扭捏，好像两周不见已变得有些生疏。我走过去，也抱了抱他，他还是略比尼古莱轻，希望他快快长得健壮起来。

　　我喜欢叫尼古莱"小奶嘴"，因为他着实可爱。他经常穿着纸尿裤爬在沙发上扭屁股，经常傻傻憨憨地笑，还会像个小大人儿似的尝试把垃圾扔到比他高一头的垃圾桶里。记得有次，他在幼儿园摔倒伤到了嘴角，我跟他玩的时候，不小心碰到他的伤口，他虽然很疼很想生气，但他又知道我不是故意的，便带着哭笑不得的表情哼哼几声假装不满。我瞬间被逗乐。

　　尼古莱应该是这个世界上我见过的最可爱的宝宝，我经常想如果可以，我要领养一名丹麦的宝宝，像尼古莱这样的。

　　丽萨见到我买的花，很喜欢的样子。急忙找来花瓶插进去。

　　烤箱里"吱吱"烤着牛肉和土豆，锅里煮着意面，丽萨准备着沙拉。

　　"再做一次西红柿疙瘩汤吧，宝宝们可喜欢吃了，你休假的时候，每当他们不好好吃饭或者生病，我就做给他们吃，他们便吃得很开心，我后来管它叫 Penny Soup（佩妮神汤）。"丽萨停下微笑着说，"但还是你做的最好吃，今晚最后一次啦，我再好好学一遍。"

　　听到丽萨的话，我有些开心，难得这款我喜欢的家常汤能虏获外国人的胃。食材准备好后，葱花在油锅呛起，放入切好的西红柿，翻炒几下，再放入酱油和盐，倒入适量水，等水开后再一点点将拌好的面粉下锅，接着把打散的鸡蛋沿锅一圈倒入，最后撒一把切碎的生菜。

"难怪我做的味道跟你的有所差别，原来是我没放面粉。"丽萨认真地看着我做饭的每个步骤，生怕漏掉一个细节。

"根据个人口味酌情添加，哈哈哈。"我笑道。

餐桌上，这一家子人仍旧十分热闹，大家说说笑笑，聊了很多。用餐完毕已经很晚，宝宝们在新的互惠生的引导下向卧室走去，可尼古莱好像知道这是最后一次见面了，竟耍起脾气哭起来不想去睡觉。

我一时鼻头发酸，此刻也有种难舍难分之情。

最终，宝宝执拗不过大人，还是乖乖上楼了，我拎着衣服走到门口时仍能听到楼上的哭声。我沉浸在伤感中无法自拔，直到冷风扑面而来，环视漆黑的夜，走向火车站的脚步才不由加快。

全剧终，霍尔特深夜里最后的告别拥抱

回国前，卡尔约我吃告别餐。

这是最后的晚餐了吧，可惜安妮出差没能见她一面。

卡尔开车送我到朋友家时，再次经过那个熟悉的路口，夜色朦胧，淡淡的雾气，红绿灯亮了又暗，碰巧我说到在丹麦这些日子如同梦一场，他就指着这个路口说这个画面像是在梦中。

其实我最忘不掉的就是刚来丹麦时，他开车带我去很远的森林遛狗的场景。那是个鲜花盛开，随处可以嗅到芳草味道的季节。很低很低的白云，蓝到不真实的天，心旷神怡的我，痴痴地望着这片天地。这就是梦中曾经出现过的场景，也是我一直想要的生活。

以前他们出门或者旅行回来，从不与我拥抱。不拥抱就代表着陌生。后来的某一天，我们就倏地亲密起来，每个人都会给我一个大大的拥抱，让我觉得很幸福。一点点亲情，一点点友情，让本是陌生的我们愉快地相处了那么久。

卡尔跟我再次聊到我在他家时的事，眼睛再次微微泛红。这次我极力忍着自己的感情，让自己看起来平淡一些，不想再让自己失控。

我始终觉得"朋友"是一个很珍贵的词，不是所有我认识的人都可以贴上这个标签。而卡尔在我心中便是一位珍贵的老友，我们聊过很多关于文学和摄影方面的话题，也聊过很多生活和梦想方面的话题。

我们有过比赛，看他摄影赚的钱多，还是我写作拿的稿酬多；我们也一起骑着山地车带着小孩们到很远的地方看自行车大赛；我参加过他的摄影展，听他讲过他的工作……

安妮一开始给我难以亲近的感觉，其实，她只是慢热和内敛而已，时间久了，我发现她很可爱。她会有一些很可爱的动作，比如吐舌头。她笑起来还会露出小虎牙。有一种人，不轻易流露自己的感情。正好她的内敛和卡尔的热情互补，一家人生活在一起便很幸福。

我一直幻想的家，就是卡尔他们一家人那样。我一直幻想的生活环境，就是卡尔他们一家人生活的环境。上帝把我带到我一直幻想的地方，体验一下这种生活，让我悄悄地打量着一切，好让我坚定自己追寻幸福的步伐。

最后一个告别拥抱，定格在霍尔特的深夜。

这场剧，开始落幕了。

归国旅行，来自世界尽头的温柔海风

　　趁着最后十天的假期，我终于订了去别的国家的机票，算是圆一个自己的旅行梦吧。

　　从哥本哈根飞去里斯本，吃了百年老字号的葡式蛋挞和海鲜拌饭，走了葡萄牙铺满鹅卵石的倾斜将近 45° 的道路，感受了一下被有轨电车吵醒的清晨，仿若穿越到了老上海。

　　坐火车去罗卡角吹了吹海风，感受了一下欧亚大陆最西端的魅力，"陆止于此海始于斯"在默默地告诉大家这里是世界的尽头。

　　在漫步于辛特拉的雨雾中，一边和旁人轻细的交谈，一边慢慢欣赏这座被称为世界遗产的古城，真是一口气把葡式浪漫体验了个够。

　　从里斯本飞去米兰，吃了正宗的意大利披萨和意面，又去体验了一下这里的时尚。不愧是时尚之都，大街之上，随便拉一个俊男靓女便可以拍杂志封面。

　　这场短途旅行让我紧绷了十几个月的神经彻底放松，残留在身体内的负面情绪也一扫而光。旅行会坚定人追逐梦想的脚步，会提升热爱生活的浓度，会让人充满正能量回归生活和工作。

　　其实，互惠也是一场旅行，游学也是一场旅行。

在旅行中，我们遇到形形色色的人，遇到大大小小的故事，就是在这些遇见中，我们学会了成长。

我的互惠生涯终于要结束了。

此时，距我踏上丹麦这片土地已经过了十七个月。在这段说长不长说短不短的日子里，我完成了一次又一次蜕变。

以前的我自卑任性唯唯诺诺，现在的我多了些从容大度和成熟，更明白了很多人生道理。从卡尔和安妮身上，我学到了对生活的态度。丽萨家的宝宝让我变得有耐心。而我在这里遇到的所有人，都让我学会了感恩。

我想这段经历将会伴随着我以后的路，让我越走越远。

将近两年的时光，在这座城市，我遇到过形形色色的人，看到过流连忘返的风景，而我每一次视线所及之处都是一个故事。

回想这段过往，我曾在很多个夜里，像个精神病患般想入非非。

我想到了那只猫，那只在秋意渐浓时一片火红的小路上优雅走过的猫，它像时光使者用时间魔法让我定格在了那个空间里。因为那条路，我经常想起 Lucky，那只我经常牵着去散步的老狗，我们无数次一前一后穿过茫茫的芦苇，途经的小路旁总是有几匹马在吃草。于是我又想到那匹马和它澄澈的眼神，以及想起我曾很多次摸过它的脸，偶尔也会喂它一把草，还有一次用纸巾为它擦去它眼角的脓水，它总是喜欢站在那棵长满红色果子的树底下凝望远方。

我忘不掉这里的森林，忘不掉一起生活过的人们，忘不掉蓝天白云甚至小花店。它们成了我脑海中定格的一帧一帧的图画，像是画手精心画的水彩，颜料氤氲了整张纸。

每当想到这些，我的心就会变得很静很静，仿若空旷的时空里只有我自己，除了风声，一切都是那么静谧。

我追寻的脚步，怕是再也无法停下。我只能像风一样，向前跑去。

葡萄牙之旅：陆止于此，海始于斯

这是一场没有做攻略的自由行，同行的小新订到三国联程的廉价机票，才 800 克朗。哥本哈根到里斯本有四小时的飞行，两个国家之间时差一小时。我人生中第一次真正意义上的欧洲旅行，终于拉开了序幕。

因纬度较低的缘故，二月份的葡萄牙仍旧绿意盎然。想着此刻哥本哈根未全消退的积雪和 –10℃的气温，我立马爱上了这里。之前对这座城市因陌生而造成的些许不安和烦躁都消失得无影无踪。

徜徉在里斯本铺满鹅卵石且倾斜了将近 45°的街道上，常见悠闲的行人或微笑或严肃着呢喃细语。街道两边融合了各种风格的建筑，让这座城到处都散发着历史气息。水果店、服装店、快餐店，零散地出现在这些建筑中，给人一种宁静安详的感觉。

坐地铁到罗西欧广场时，已临近傍晚，广场中央是纵横交错的电车轨道，周围是各种小店。在夕阳的余晖中爬上圣乔治城堡，看着那一排排错落别致的红瓦小房，周围是一攒攒绿荫，俯瞰一下，是葡式风情带给我的梦幻。蓦然想到影片《里斯本物语》里那个穿过大街小巷为朋友的纪录片采撷声音的收音师，让我也想用耳朵代替眼睛去感悟一下这座城市。

　　美食街两旁的各家餐馆前都站满了热情揽客的店员，一路走过去，眼神从四面八方投射来，更有甚者拿着菜单跟在你身后希望你点餐。我猛地对上一双有些怯生的眼睛，他站在人群外轻声问我要不要点菜。他的容貌并不是那么英俊，也没有挺拔的身高，他似乎也明白着想着靠拉客人点餐赚些小费似乎有些困难，便一直很卑微的样子。比起一路上侃侃而谈揽客的侍者们，我选择了他。这是一家门口安静的小店，我点了羊排薯条、海鲜拌饭和蔬菜汤。听着淡淡的音乐，于夜晚的街头吃着正宗的葡式美食，看着来往的行人，真是人生一大享受。

　　清晨，伴着"咕咕"的鸽子声，俯在青年旅店的窗台，看老式黄色有轨电车"当、当、当"由远及近。这些电车一般在城市闹区和老城区缓缓行驶，沿途会经过很多旅游景点，透过厚厚的车窗你会看到里斯本的过去、现在和未来。28路电车则是里斯本最古老的电车，它所经之处也是这里最有名的游览路线。

　　广场上有穿着漂亮的毛衬衫和短裤背着书包嬉戏打闹的葡萄牙小学生，有正在四处觅食的白鸽，还有坐着晒太阳的路人和巡逻的葡萄牙帅警察。这些画面容易让人放松，不过走到商街时可要打起精神了，要不会被圣胡斯塔升降机的强烈视觉冲击吓得惊魂失魄。几十秒过后，你发现一切都是错觉，又会忍不住哈哈大笑。

　　作为一名"吃货"，更要毫不犹豫坐火车去一趟里斯本近郊小镇 Belem 的百年老店 Pastéis de Belém。这家创建于 1837 年的店，位于热罗尼莫斯修道院旁边，看起来一点儿都不起眼，破旧的房子，小小的门面，如果不是门口排长队购买的人群，稍不留神儿就会和世上最正宗的葡式蛋挞擦肩而过，我更是围着这里转了三圈才发现呢。像当地人那样，点了两块蛋挞一杯热咖啡，因座无虚席，只好站在吧台前享受。新鲜出炉的蛋挞，撒上香醇的肉桂粉，一口下去，薄如纸张的挞皮香酥十足，入口即化甜而不腻，唇齿留香间让人忍不住喊一句——太好吃了！

坐着火车赶往辛特拉，车窗外慢慢倒退的美景，就像一帧帧电影镜头。达·伽马大桥，各种城堡，还有野花和绿草。置身于这样的镜头中，仿若我也成了电影中的女主角，正在演绎着精彩的故事。

从未料到欧亚大陆的尽头罗卡角的海风是那样猛烈，吹得装备不足的我瑟瑟发抖。还好，我终于见到了那座面向大海耸立着的十字架，石碑上用葡萄牙文刻着——陆止于此，海始于斯。呼啸着的大海无边无际，视野尽头是天水拥抱的妙象。山崖上矗立着一座灯塔，周围是淡淡的绿草与黄花。在这里还可以花 5 欧买一张葡萄牙旅游局颁发的证书，证书上不仅有罗卡角的地理位置图和葡萄牙国徽，还印着"XXX 驾临欧洲大陆最西端"的字样，很特别的纪念品吧。

1995 年被联合国教科文组织评为世界文化遗产的老城辛特拉，总是烟雨凄迷给人一种仿若中国江南的钟灵毓秀之美，走到哪儿都是湿润而苍绿，雾蒙蒙的样子。无论是在里斯本还是在这里，每条小街的店门口都摆满了明信片，从这些明信片上便可以读懂葡萄牙。随处可见的葡鸡，明信片上有，冰箱贴上也有，桌布上也有，据说葡鸡被葡萄牙人视为正义和善良的化身。

我们去在 Couchsurfing 上提供沙发客的约翰家做客时，夜幕已降临，天还下起了毛毛细雨。等候在火车站的约翰给了我一个法式见面礼，初见葡萄牙式浪漫，让我有些羞赧。漫步于雨雾中，轻细的交谈声，会让人不自主地融入这氛围中。和国内的紧张与匆忙相比，我开始依恋这里。

约翰的眼睛很漂亮，在青年旅店遇到一名葡萄牙老人的眼睛也很漂亮。我偷偷地观察了很多当地人，觉得他们的眼睛都很迷人，水汪汪且含情脉脉。旅店酒吧的大屏幕上放着各种足球比赛，若是有球迷经过这里肯定一眼便知道哪个是 C 罗。我们这一群在青年旅店认识的人在最后一晚举办了一个小 Party，中西餐结合，大家说说笑笑，好不热闹。

一直沉浸在葡萄牙的氛围中不能自拔，直到旅途结束满载收获而归。思来想去，也想不到合适的语言来形容在这度过的几天，可我明白只要去过葡萄牙，你就能亲身感受那份美好。

旅行的意义便是看过异国的美景，还邂逅几个人。不管以后有没有交集，旅行的那一刻的充实便是一辈子的财富。很感谢葡萄牙带给我一份温暖，让我有了环球世界的想法。

雨夹雪的诗意——米兰

提到意大利，我只想到意大利面和披萨。所以，这次去意大利，我便想一定要吃一次正宗的意面和披萨。由于时间有限，我们选择只玩米兰一个城市。

里斯本到米兰不过几个小时，

没想到，米兰的天气比哥本哈根要冷，刚到这里的第一天就下起雨夹雪。猛地从里斯本的温暖过渡到米兰的阴冷，实在令人难受。

按照路线，我们顺利找到网上预订的家庭旅馆的位置。老板是一名东北人，人称东哥。敲门良久，终于迎来老板本尊。我的目光一下子被他脚上的肉色短丝袜和拖鞋吸引，心想老板果真是干大事儿的料。

东哥极为热情地欢迎我们，话匣子也随之打开，直到我们放好行李，都没有要停的意思。因为是旅行淡季，他家只有我们两位旅客，东哥看起来也挺清闲。

"要不要加几欧元，包早餐。"东哥喝茶的空当，叼着支烟问道。

站在窗前望着满天的雨雪，想着来的路上饥寒交迫，和同伴商量后，我们点点头。

"好嘞！"东哥满脸堆笑，像极了《家有儿女》中高亚麟，他弹了弹烟蒂，"你们想吃啥？包子咸菜粥再炒几道小菜，行吗？"

"东哥，我不吃猪肉，但非常想吃包子，您可以帮我包几个素馅儿的吗？"我问道。

"哎哟！这可难了，这个季节超市新鲜的蔬菜可不好买哇。"东哥看起来非常为难，不过他继续道，"不过，我去看看，尽量满足你的要求。"

见状，我十分内疚，带着挑食这个毛病到哪儿都不好吃饭。

"东哥，真是麻烦啦，要不是在丹麦两年都没吃到过包子，我口水都流下三尺长，我也不会坚持吃包子，其他炒菜就别管我啦，你看什么食材方便，你就准备什么吧。"

东哥点点头，然后递给我们一些市区旅行地图，再借给我们两把伞。我们便开始探索这座陌生的城市了。

由于这次旅行准备不足，还没走到地铁站，我内心便忍不住后悔没多带几件厚衣服。我使劲裹紧了身上的风衣，仍觉得寒风刺骨。

同行的小新看起来旅行经验丰富，也做好了旅行的准备。在里斯本他约了沙发客出游，在米兰他又约了几名网友吃饭叙旧，我稍觉无趣，便决定自己先逛一逛，到时候再在地铁口汇合。

一个人漫无目的地在米兰瞎逛，拿着地图先去了米兰广场，看了灰蒙蒙的教堂和雕塑，遇到几个硬要上前给我手串的黑人，拒绝多次才脱身。广场上熙熙攘攘的人，以及时不时飞落的鸽子，让这里看起来分外拥挤，我找到条街便钻了进去。

雨越下越大，临近中午，我找了家餐馆走进去，选了挨着窗子的位置，假装镇定地拿起菜单开始点餐。看着菜单上的菜名，我有些不知所措，破手机没网也没下载电子词典，为了保险起见，我点了份披萨和一壶茶。

侍者看起来有些傲慢，茶端上来后一直有意无意盯着我看。本来就有些紧张的我，只能暗自吸气，让自己故意忽略他的目光。

从未如此正式地喝壶茶，对茶知识有所欠缺，加糖可以理解，但起司粉要怎么吃呢？也要加到茶里吗？好吧，我决定试一试。舀了勺起司粉搁到茶杯，搅拌几下，喝一口，差点没吐出来。好怪异的味道！这壶茶算是废了。

这时披萨上来，上面铺着一层培根，我只好招呼侍者过来，"我点的是不带猪肉的披萨，请问可以帮我换一份吗？"

侍者的脸更冷了，二话不说端走披萨，好久才端来一份新的，但这份披萨又薄又硬，让我一时无法下手。用手直接拿着吃，吃相似乎不怎么好，用刀叉又很难切开。门口站着的侍者似乎在幸灾乐祸，我内心随之翻了几记白眼。要不是我孤身一人，要不是我语言不畅，我真想跟他理论理论。

好不容易吃好，外面的雨也渐渐停了下来，我买单留好小费准备去地铁和同行的人碰面。一向路痴的我，竟破天荒地成功走到地铁站口，真是谢天谢地。

不过，刚才的披萨我觉得没吃好，回到旅店后，我决定在附近逛一逛，去披萨店再点份披萨尝一尝。

走进披萨店，想点份牛肉蘑菇的披萨，但店员听不懂英语，一直在用意大利语跟我交流，我比划很久后，幸好送外卖回来的另外一名伙计略懂英语，几经沟通，才成功下单。

"要点什么喝的吗？"伙计热情地追问。

见咖啡 1 欧元一杯，觉得还可以接受，我便说："哦，那来杯咖啡吧。"

于是披萨打包好后，店家顺便也把咖啡递了过来。看到咖啡那一刻，我有些呆愣，这真的是一杯咖啡而不是一盅咖啡吗？这咖啡杯看起来就像酱料盒的尺寸啊。

"这真的是咖啡？"我有些疑惑。

店家笑了笑，"当然。"

为了纪念这杯正宗的意大利咖啡，回到旅店我拍了张照留念。

躺在床上听歌时，同行的小伙伴拿出笔记本上网。我假装生气般对他一通抱怨，旅行之前，由于我没有旅行经验，便请教他，他明明说不用带过多行李，带个背包简单装一两件衣物就好，到了机场碰面，才发现他不仅带了背包还带了行李箱。他笑得分外得意。

米兰的雨夹雪还在继续，第二天仍没有要停的意思，气温依旧低下。

查看了米兰的各个景点，除了购物实在没多少好去处。奢侈品再打折，我们也消费不起，于是干脆窝在旅店好好休息好了。

东哥没有食言，做了一大锅大包子。

大米粥配小咸菜，再咬一口韭菜鸡蛋馅儿的包子，简直不能再满足啦！我最爱的食物之一就是各种蔬菜包子，西葫芦鸡蛋、青菜豆腐、槐花、苋菜、胡萝卜鸡蛋、辣梅菜以及白萝卜干馅等等口味，均百吃不厌。就因此好吃，以前还被同学调侃长得都像包子。

东哥他们两人则对着各种红烧肉、红烧肘子大快朵颐。

能在异国他乡尽情地吃中餐，实属不易啊。我决定多吃几个包子。

在米兰这几天都是雨雪阴天，背着行囊返程时，竟然露出大太阳。虽然没去所有景点逛一逛，但在东哥家好吃好喝了几天，竟然有些不想回丹麦了。

回到丹麦后，我对旅行中的事件大多都记不太清了，唯独对东哥做的包子和红烧鲤鱼记忆犹新。我想如果再有机会去米兰，还要住这家旅店。

告别仪式：哥本哈根，邂逅更好的自己

　　最后，让我用互惠结束几年后写的一篇文章作为结尾吧，就当哥本哈根互惠的故事的告别仪式。

　　哥本哈根的四季更迭像极了成长中的少女，一半春光灿烂无限一半冬日阴冷漫长，也像极了这座城的人，溢于言表的热情却裹着一层疏离。

印象·哥本哈根

No.1 远离尘嚣

　　刚抵达这片令我向往的土地时，正值初夏。旅居在一座普通小镇，看起来却别样风情。红瓦白面的别墅，宽阔的街道稀少的行人，停下脚步望一望这里，左眼一片林右眼一片花。

　　小镇每户人家的墙都用一米多高的冬青做成，院子里都是草坪，也会种几棵松柏。隔着冬青墙可以看到邻居家的蔷薇，还有几株樱花。

　　我的屋前有棵盛开的七叶树，清晨被鸟叫声吵醒推开窗伸懒腰时，呼入鼻腔的新鲜空气便带了丝丝清香。有阵风吹过，花瓣簌簌下落，地上则像铺了层雪。树上有松鼠跳来跳去，院子里偶尔有棕色狐狸穿梭。

与国内拥挤的公交车不同，这里的公交车总是空荡荡。在这儿生活的初期我觉得坐公交车是一种享受，即便意识到坐过站，非但不会焦虑反而会激动，因为车窗外沿途的风景让人仿若置身于宫崎骏的动画里。湛蓝的天、棉花糖般的云，一望无际的蒲苇，黄色的野花，甩着尾巴吃草的奶牛。直到天色渐晚，公交车缓缓停在一栋小区前，我都没舍得按一下扶手上的 Stop 键。

一段时间后，我又开始享受每天清晨去森林跑步，迎面而来的跑步者总会笑着对我说 God morgen（早安），湖里的天鹅总在扑棱翅膀，水鸟则在清洁羽毛，小木屋前的那片田野总会有少女练习骑马，还有那棵百年老树下墓志铭总在诉说着孤寂。我有时会牵着老狗遛弯，累了坐在一把长椅上眺望，曲折蛇行的小路与漫山遍野的蒲公英则尽收眼底。

纵然有红尘三千烦恼，在这里片刻间也化为过眼云烟。

No.2 浪漫温暖

若做一个北欧相貌排行榜，丹麦人摘得桂冠实至名归。精致立体的五官、白皙的肤色、高挑的身材，无论男女都会让人多看几眼。但丹麦女权主义盛行，男生看起来大多为暖男，女生看起来多像高冷女王。

我经常看到推着婴儿车散步的超级奶爸，经常看见手持鲜花与香槟从超市出来的男顾客，也经常看到男房东包揽家务，太太则一杯茶水一本杂志慵懒地窝在沙发上消磨时光。

看到这些小细节，总会令人忍不住嘴角上扬。一段感情中性别平等相互尊重是何等重要啊，而这更是一个社会文明的重要体现。

像当地人那样，闲暇时我喜欢环镇骑单车。因为有专门的自行车道，所以不用担心被机动车撞到，经常遇到骑行者离弦之箭般从我身旁呼啸而过。深秋时，还会听到车轮飞速轧过落叶的嘎吱声。

每次骑车累了，我会到火车站旁的快餐店吃块丹麦三明治，喝杯热拿铁，找个靠窗的位子看人来人往。天气好时总会看到街对面那名流浪汉，他穿着破旧的衣裳一边喝啤酒一边晒太阳。兴许是太嗜酒了，他就把长长的胡子编起来，防止酒粘在上面浪费掉。有时会和他四目相视，然后各自一笑。

如果小憩后仍觉得累，我会把单车推上公交车选择坐车回家。这时，我时常会在公交车站牌遇到一名瘦小的丹麦老太太，她每次都是刚从 Netto 购物完毕，然后冲着我慢慢讲丹麦语。明知道我听不懂，她仍笑着讲个不停，像极了我慈祥的奶奶。

即便有一颗冰冻三尺的心，也早被这里一点一点捂热。

No.3 电影剪影

很多人会觉得丹麦语发音拗口，我却为其痴迷。

语言学校的同学们，不同肤色不同国籍不同职业，不管大家学习丹麦语的目的如何，都是为了更好地融入到当地。语言沟通是了解一种文化最有效的方式。

每天最快乐的事，莫过于听丹法混血的老师讲课。不同的学校氛围，不同的授课方式，都是我学习的动力。三个月我除了拿到丹麦语一级（最低级）证书，还认识了很多朋友。

我会坐二十分钟火车，带不同国家的朋友，到哥本哈根市区深处吃最正宗的豆浆油条；也会在哥本哈根中东超市买大白菜萝卜，再去中国超市买鱼丸红薯粉火锅底料，约了朋友到家吃火锅；最多的时候是在走街遛遛弯。

哥本哈根的城市建筑融合了旧时哥特风和现代简约风，历史感浓重。走在街上看到最多的怕是街头艺术了。有阿拉伯打扮的人盘腿坐地，仅用手中一根木棒悬空支撑另外一个人；有浑身涂满金色颜料的人扮演雕塑；有抱着吉他弹唱的流浪歌手；还有老年人组成的流浪乐队。每每看到这些场景，我总会热泪盈眶。我猜正是这里艺术的多元化，艺术形式的自由化，才得以让丹麦文化流行世界吧。

每次看完守望大海的美人鱼雕塑，我总会迫不及待地去Nyhavn（新港）。去看一眼鳞次栉比的楼，看一眼吃饭交谈的人们，看一眼往来的船只。和朋友坐在港口喝杯咖啡吹吹风，总会有这是电影场景的错觉。

其实哥本哈根处处是风景，每个角落都是百老汇。

No.4 交换故事

在哥本哈根生活的时间久些的话，每个人都会爱上这里的大大小小的跳蚤市场。我更是喜欢在周末背着包穿梭不同的小镇，只为交换故事。

跳蚤市场，退休老人面前摆着各种古董瓷器，在职父母会摆一些小孩的旧衣服，一些学生会摆一些旧书籍，还有小朋友摆着自己的旧玩具。来这里淘货的不仅有收藏家，也有开二手店的时尚买手，也有单纯只为找人聊天的人。

我曾淘到几张1946年印有孙中山头像的邮票，不同颜色不同面额；曾淘到一副粉色雕花的首饰，据摆摊者说是其祖母留下的；也曾淘到过几张发黄的旧明信片，上面的字迹已经模糊，但我相信上面依旧承载着美好祝福。

我也摆过摊。一些我从淘宝代购穿起来不合身的衣物，一些我买的旅行攻略书和丹麦语字典，还有一些不再喜欢的装饰品。犹记得那件复古针织条纹蝙蝠衫挂出后，一名丹麦中年女子立马驻足，她摸了摸手感又看了看款式，似乎在考虑她穿上合不合适，踟蹰片刻她请我帮她拍张照看了效果，最终才满意地买走。也有女生拽着男友惊喜地凑了过来，她被那双马丁靴吸引，迫不及待地试穿再买走。

正是人们用物品交换着故事，跳蚤市场才成了丹麦人生活的一部分。

将近两年的时光，在这座城市，我遇到过形形色色的人，看到过流连忘返的风景，而我每一次视线所及之处都是一个故事。你们说会不会正是如此，安徒生才创作出风靡全球的童话呢？

这是一座让人学会观察生活思考人生的城，即便你孑然一人，即便你没有爱情亲情友情，你仍会找到自己的归属——那个更好自己。

第四章

青春年少
不怕风雨迢迢

所有的来日方长，都成了遗憾散场

如果说去丹麦互惠有什么遗憾的话，那么奶奶的远行则是我无法遗忘的痛。

临近回国的那三个月，我曾梦到奶奶的葬礼，当时我精神状态正不好，身体也欠佳，以为是自己焦虑才做这样的梦。当时，一起玩的互惠生还安慰我梦都是相反的。

只是没想到……

我实在不想再重述一遍自己当时的心情了，一旦回想，便是止不住的悲伤。

童年的避风港

不知不觉已过了四个春秋，现在拼命回想过去，记忆中仍是那个青砖灰瓦的四方院，一株挂满红枣的枣树，两棵擎天的老槐树，一个土灶，一堆干柴，一个拿着烧火棍挑火苗的小老太。

小时候的我是那么不讨喜，身体羸瘦，模样干瘪，像极了田野里的野草。时常生病和极度厌食让每天都忙于农作的母亲对我失去了耐心，打骂则是家常便饭，于是奶奶家成了我的避风港。每当受到责骂，捂着脸颊上的五指印穿过条条大街时，我都会极力忍着打转的眼泪，只有钻进熟悉的巷子到了奶奶家门口，才会哇哇大哭起来。委屈就像决堤的洪水，铺天盖地卷来。奶奶通常会从搪瓷罐中摸出几枚硬币，出门帮我买根冰棍儿或几块泡泡糖。有时则从柜子里掏出几块糕点。这些食物似乎很有魔力，总会轻易止住我的泪水。

恰逢夏收的黄昏时，手中的冰棍儿还没舔几口，便被闷热的空气融化了半截。我像小疯子般和伙伴们在街道跑来跑去，吸得满鼻腔的麦秆香。站在街角的奶奶一边和邻人闲聊，一边笑着望我几眼。

那时我八岁，奶奶的头发还没有银丝。

奶奶习惯用两枚细长的黑色发卡，把齐脖的短发别在双耳旁，就像老旧电影中的女革命家。再加上她平时穿着简洁朴素，上世纪二三十年代气息颇为浓厚。奶奶的笑容也亦如旧时人民那般温煦祥和，如今回想起来，内心深处仍是一片暖。

我渐渐长大，去奶奶家也早已成了习惯。

夏日闷热的午后，我喜欢和奶奶一起乘凉。老太们说说笑笑，奶奶时不时摇几下蒲扇，阵阵凉风帮午睡的我吹走额头上的汗珠。睡醒后，我最喜欢的是听老人们讲奇闻逸事，乡村怪谈从布满皱纹的老人口中娓娓道来，刺耳的蝉鸣忽而噤声，鸡皮疙瘩犹如电流袭遍全身，这可真是降暑的灵丹妙药呢。

不得不说，奶奶、蒲扇和故事是我成长的养分。

记忆中的味道

食物的味道总会根深蒂固地残留于记忆深处，比如奶奶钟爱的那些饭菜。

初春时，浅绿的榆钱压弯了枝头，整个村庄都被清新之气笼罩。奶奶会挑茂密的枝条剪下几枝，放在瓷盆里，用清水洗净，去掉枝梗，和些玉米粉、面粉，撒一把盐，装到锅里用大火蒸。水蒸汽伴着炊烟直冲云霄，晚霞染红了半边天。

"可香啦，来，快尝尝。"奶奶笑着说，并快速塞到我手中大半碗。

我半信半疑地尝一口，立马皱眉说"好难吃啊"，然后放下碗筷逃之夭夭。

奶奶无奈地笑道："你们现在这群小孩是没吃过苦啊，贫穷年代树根都是宝贝。"

后来奶奶再做榆钱饭，我都躲得远远的。

再过个把月，掰下香椿的嫩叶，裹上鸡蛋和面粉，在油锅里炸，一条金黄面鱼香脆可口，这便是奶奶的另一道拿手菜——香椿鱼。

夏天时，米色的槐花散发着甜腻的香气，又到了奶奶做槐花饭的季节。与做榆钱饭大同小异，槐花饭的味道也仍不合我胃口。唯一让我垂涎三尺的是槐花包。摘取新鲜的槐花，放在屋顶晒干切碎，再拌上葱姜蒜等调味料，超薄的面皮裹上十足的馅儿，蒸熟了就是弹性十足的白面包子。咬下去，香气在齿间回荡，下一秒氤氲到鼻腔。咽下去，这股热气又瞬间穿肠走胃，最终抵达五脏六腑。对饥肠辘辘的我来讲，这味道再满足不过啦。

这个季节，奶奶的餐桌上最为丰盛，这要得益于院子里的一畦菜地，里面种满了韭菜、茴香、豆角、丝瓜、北瓜、瓠子、西红柿、茄子等蔬菜。拔草浇水施肥支架，奶奶把它们照顾得无微不至，于是蔬菜产量颇高，像韭菜鸡蛋饼、茴香面糊糊、干煸豆角、麻辣丝瓜等饭菜轮流吃，周周都可以不重样。

深秋时，摘了甜脆的枣腌制醉枣，柿子、石榴、苹果和面梨也总会装满整个竹篮，这些奶奶舍不得吃，总会想尽办法留给我们；初冬时，我最喜欢的则是守着奶奶家的火炉喝碗红薯小米粥。

成长秘密基地

每个人都有自己年少时的秘密基地，我的在奶奶家。

不同于南方孩子会下河摸鱼抓虾、捉泥鳅，作为北方小孩，我和小伙伴们经常从田里"作践"农作物。在我的带领下，我们去奶奶家的小院，生火烤了无数的红薯、花生和玉米。即便火力过猛，这些瓜果被烤焦，我们仍吃得津津有味，然后看着彼此的大花脸哈哈大笑。有时被奶奶逮个正着，她一边念叨"好端端的粮食都被你们浪费了"，一边没收这些瓜果。待做饭时，她便把它们洗净，蒸蒸煮煮，再拿给我们吃。煮玉米、蒸红薯和盐水五香花生，真的可比我们用火烤得好吃多啦。

除了烤东西，我和小伙伴们也一起在奶奶家跳皮筋、踢毽子。把皮筋缠在枣树和木桩上，双腿变着花式跳啊跳，嘴里的童谣也唱了一遍又一遍。不远处，奶奶和几名老太则在院子里整理线团，四个木橛子钉在地上，五颜六色的棉线绕了一圈又一圈。我们的两个老少团简直异曲同工呢。

写到这里，我不得不感叹，奶奶真是能人巧匠。扯几尺布铺上棉花便能缝出棉衣棉裤，边角料抹上浆糊晒干后就能纳双鞋，高粱秆拼凑起来就是篦子，再编几下就是筐篮……于是，我没少缠着奶奶教我手工。记得我背着自己缝制的小包去学校时，立马被女同学围了水泄不通，后来班上还刮起一阵手工热。

天为被、地为床的年代，奶奶这辈人很懂得物尽其用。正是这样，奶奶无形中传给我很多人生经验。同时，奶奶也总是我的坚强后盾。

年少时，无论做什么总是少了母亲的支持，从书本到零食玩具，我一度觉得自己比同龄人拥有的太少。幸好有奶奶，我也不至于精神过于匮乏。

这个秘密基地藏了我无数年少往事，每件也都和奶奶相关。“奶奶”二字于我不单是长辈的亲昵称呼，也是我荒芜的成长过程。

人生最大的遗憾

长大后，我终于不再畏怯这个世界，开始像只横行的螃蟹般勇敢地闯天下。

从中学住校到大学南下，我离奶奶越来越远，每年的寒暑假便变得弥足珍贵。像儿时那样，守着奶奶聊聊天，吃吃奶奶做的饭，看看奶奶新种的葡萄和无花果……只要在奶奶家，时间再多也不觉无聊。

“你爸妈也不容易，长大后记得对他们好些”，这是奶奶说得最多的一句话。多亏了奶奶循循善诱，我与母亲的关系才终于缓和。后来，因缘巧合我得到出国的机会，临出国那段日子，奶奶重复最多的也是这句话。

出发前一天，我去跟奶奶告别。奶奶喋喋不休地给我讲一些人生的大道理，让我学会照顾自己。讲着讲着，她突然惆怅起来，“哎，不知道等你回国时，我还在不在”。

国外对老人来讲也许意味着天涯海角，怕是奶奶担心我要跋山涉水，一辈子都不回来了吧。“我只出国两年，很快就回来啦！还有奶奶你身体这么硬朗，再活十年都不成问题！”我噘嘴嫌奶奶瞎说，奶奶则抿着嘴笑，看起来亦如此刻的天气，明亮暖和。

灶上的锅子开始“咕嘟”作响，奶奶急忙掀起盖子，把粥盛出后，又开始摊我爱吃的馅饼。奶奶瘦小的身影映入眼帘，我莫名有些伤感，好久没这样仔细打量奶奶了呢。

出国前，我总认为现在交通工具如此发达，买张机票便可飞回国。出国后，我才明白为何那么多诗人写乡愁，却未能踏上归去故里的路。只身在异国他乡，日子比想象中艰辛，为了省掉往返机票钱，第一年我没有回家，再加上国际长途很贵，我也很少往家里打电话。奶奶没有手机，直到回国都没能了解奶奶的近况。

十几小时的航程，我终于回家。刚到家门，我便迫不及待地拎着各种营养品去奶奶家。两年没见，奶奶的头发是不是更白了？奶奶是不是像往常那样和老太们聊天呢？

飞奔过熟悉的街道，奶奶家的大门却紧锁，墙上残留的讣闻白纸在风中乱晃。呆愣了很久，我才清醒，奶奶真的"出远门"了。奶奶在我回国前两个月病逝，父母怕影响到我，选择了隐瞒这件事。

没来得及见奶奶最后一面，成了我人生最大的遗憾。

熟悉的街道变得空荡荡，我的心也随之变得空落落。无数次下意识踱步到奶奶家门口时，总会悄悄掉泪，如果我没有出国，或许奶奶不会一语成谶吧。

奶奶，在我年少无知的时候，你陪着我。终于轮到我陪伴你啦，为什么就不多等几年呢？奶奶，想你，想你，想你。

真正意义上的独旅

　　提到菲律宾，脑海中会浮现一串的形容词，比如：小岛国、贫穷落后，然而在哥本哈根时认识的那群菲律宾女生，留给我的却是快乐热情、国际化、生存能力强的印象。

　　为了一探究竟，一张特价机票把我带到这里。

印象·马尼拉

　　第一次抵达马尼拉时是寒冰刺骨的十二月，我生活的城市正笼罩着严重的雾霾，而异国的这座城让我呼吸到了久违的新鲜空气。干净纯蓝的天空和郁葱的椰子树菠萝树，一眼便让我想赖在这里生活几年。

1. 观生活

　　在一家青年旅店安顿好后，我便漫步在马尼拉的大街小巷。一路走下去，发现这里繁荣与衰败并存。前一百米还是耸立的大厦，后几百米已是破烂的板房。商场里有用 LV 包装狗、身后跟着几名保姆的贵妇，大街上则有衣不遮体食不果腹的流浪者。

受西班牙和美国的西洋文化影响，又被中亚文明熏陶，马尼拉是当之无愧的亚洲"纽约"。多种文化的交汇让马尼拉看起来既古老又新潮。

欧式小楼墙院上总是伸出几棵花树，街头总是有打篮球的孩子们，有穿街走巷卖风车的小贩，也有逐个儿敲着车窗卖茉莉花环的小孩。你能看到融汇了各国饮食风格的餐厅，你也能找到各种肤色的人。

这次旅行正值圣诞节期间，长途汽车站很多提着行李赶回家的菲律宾人。市区张灯结彩，世界却静了不少，我漫无目的地拐进一条小巷，一名躺在破旧纸箱上睡觉的流浪女人映入眼前，还未来得及悲悯，我又看到她臂弯处蜷缩着的小奶猫，一人一猫的睡姿那么相像。我再打量女人，虽然她穿着脏黑破烂的衣服，虽然她乌篷垢面，她的睡容却很安详。我抬头望了一眼太阳，又眯着眼望了望前方，巷尾处油漆脱落的蓝色卷闸门前，几名当地人正冲着我微笑。一时间，我内心五味杂陈。

2. 逛景点

一到市中市，招揽游客的当地人便蜂拥而至，为了不被接二连三地打扰，我便选了一辆观光马车，环城而行。

马尼拉大教堂、圣·奥古斯丁教堂暨博物馆、卡撒马尼拉博物馆、圣地亚哥城堡、黎刹纪念馆等一路走下不过两三小时。

在我看来全世界的教堂和城堡都大同小异，教堂本身的存在对当地人的意义才是独一无二的，比如菲律宾人都喜欢在圣·奥古斯丁教堂举办婚礼，据说结婚队伍都已经排到一年后了呢。旅行这天，我有幸见证了一对新人喜结连理。接着又看到了卡萨马尼拉博物馆里陈列的历代国王穿过的王袍——麻衣长衫，金丝镶嵌，有点像中国的古服。而最触动心弦的不是圣地亚哥城堡的残垣断壁，不是罗刹纪念馆里菲律宾独立领袖的雕像，也不是马尼拉湾短暂的日落，而是王城附近一个荒废的公园里赤脚练习街舞的孩子们。

离开市中市，我又去了别具一格的椰子宫，还有仿若人间仙境的大雅台火山。临走时，回望马尼拉，觉得时光这双大手把历史和当今在这里拧成了一个麻花，让人禁不住唏嘘。

惬意 · 长滩岛

如果说马尼拉诉说着历史，那长滩则在谱写着时代高歌。

出了卡利博机场，坐两个小时的大巴再坐一趟螃蟹船才可以抵达长滩岛的码头。如不想走路，100 比索包辆三轮车去酒店是不错的选择。

长滩岛因白沙滩而闻名世界，同时它也是岛上最出名的沙滩。那条因大片珊瑚磨碎而形成的沙滩，沙质洁白且细腻柔软，地势平缓舒展，光着脚丫踩在上面真是一种奢侈的享受。

我在浅滩游完泳，再躺到遮阳伞下的沙滩椅上，极其享受地做一次沙滩"马杀鸡"。感觉累了，吹着海风喝杯芒果沙冰，望一望远处的蓝天和大海，会立马神清气爽。或者干脆就美美地躺在椰子树下晒个太阳浴。

晚上这里又会变成酒吧一条街，卷发的吉他手边弹边唱——You walked with me, Footprints in the sand……看着他深邃的眼神，让人忍不住坐在街边的高脚椅上喝瓶 Red horse（一种当地很出名的啤酒）。

昏黄的路灯，如织的游人，卖旅游纪念品的小贩，喧闹的音乐声，白天游人堆砌的沙雕城堡，浓浓的饭菜香以及沙滩餐厅旁的火把表演，让整条沙滩变得异常迷人。

除了这些风情，我最喜欢的还是我住的家庭旅馆。东南亚风格的竹制小洋楼，院里种着些花草，简单却不简陋。门前摆着竹制桌椅，还有一个藤编吊床，不想出门时，窝在这里看本书上上网也不错呢。

作为吃货，临时走时，我又忍不住去 D'Mall 的海鲜市场买龙虾，再到附近的餐馆加工。再一次吃完海鲜盛宴，我才恋恋不舍地踏入归程。

我终于明白为什么那么多明星都选择在长滩举行婚礼了，因为它漂亮迷人，因为它惬意休闲，因为它让人流连忘返。

难忘·薄荷岛

如果说长滩是火热的舞女，那薄荷则是恬静的诗人。

从塔比兰机场到 Alona 沙滩，漫长的环山公路上有些安静，看不见几家住户，放眼望去几乎都是葱郁的树。不过，Alona 沙滩与长滩相比逊色不少，不过这里是潜水爱好者的天堂。

如果像我一样不打算在薄荷考潜水执照，那么线路游则是不错的选择。

第一天，出海看海豚看鲸鲨，再到巴里卡萨岛断层体验浮潜，不仅能看到五颜六色的热带鱼、珊瑚和海龟，还能看到沙丁鱼风暴，接着再去无人小岛处女岛尝一下鲜海胆。

第二天，看看老鼠大小的眼镜猴，去蝴蝶谷看看雌雄同体的大蝴蝶，再开着 ATV 环驶整个巧克力山，体验一下哈利波特是如何拿着扫把从这里飞行的，最后去蜜蜂农场吃顿晚餐，除了买到了各种蜂蜜制品，还遇到了一只干净聪明优雅可爱的流浪猫。

　　无论海陆路线，都让人玩得尽兴。而薄荷之旅最美好且最令人难忘是 Abatan River 的萤火虫。静谧的夜，月亮像银盘般悬在天空，螃蟹船缓缓驶过河面，红树林上聚满了发着淡淡光亮萤火虫。欣喜地看着飞落到人的肩膀和掌心的萤火虫，再望一眼天上的繁星，不禁让人觉得这是梦幻的童话世界。

　　伴着塔比拉兰登机室的盲人乐队唱着的《情非得已》，这次旅行画上了完美句号，但我旅行的脚步却永远不会停下。

在自己的荒芜世界，做最忠诚的信徒

回国后，我已无法适应国内的生活环境。

走到哪儿都是人群，每个人都绷着脸，看起来都被生活折磨得不像样。再加上雾霾严重，空气差到极致，也没有什么亲朋好友可联系，在国内的生活简直成了灾难。

互惠生活虽然告一段落，我身上的压力却始终没有退去。虽然比两年前成熟不少，也对未来有了大致目标。但此刻，仍旧有种被打回原形的感觉。于是，我决定开始环球旅行，没准儿在路上会有新机遇。

在菲律宾玩了一圈后，我发现这儿才是最适合充电的地方。这里的艺术氛围浓厚，仿若每个菲律宾人都是天生的艺术家。费尽九牛二虎之力，我终于成功申请留学。我在这里学动画设计，也算圆了自己儿时的绘画梦和如今的设计师梦。

近几年我遇到了更多不同的人生磨砺，成长也更上一层楼。如果说人生是一场修行，丹麦互惠之旅帮我打通了任督二脉，菲律宾之旅正在帮我塑骨造血。

作为海外独居女生，我经历过半夜搬家，一辆大卡车装着我所有家当，我坐在副驾驶时给司机当导航。

在学校附近租了空房，按照自己的喜好布置。淡绿色的窗帘，浅木的床和书桌，旧旧的棉布沙发，日系的厨具，零散的几本书，一把破吉他……窗子上、书架里、橱子上，甚至板凳上，都被我放上了植物，绿萝、茉莉、百合、富贵竹和尖尾芋，花瓶还会插上一束小雏菊。

房子的位置靠近大海，没事抱着猫去吹吹海风看看海鸥；家附近便是菲律宾的中心剧院，随时可以买到很便宜的票，去欣赏一场歌剧或音乐会；实在无聊了，去最近的商场看场最新上映的电影。

再不济泡在学校的艺术图书馆里，培养自己的艺术细胞。

还有很多惬意日常。

比如很多个晚上，我会放一张CD，听几首轻缓的英语歌曲，洗漱完毕，再换上宽松的衣服，敷张面膜，窝在沙发上或躺在床上，怀里抱着我家呆萌的肥猫，手中捧本爱读的书。此时，仿若全世界就只剩了这么一个角落，让我享受静谧美好的时光。

比如很多个周末，我会炖一锅蔬菜，连带汤汁吃得干干净净。把青菜洗好，用脱水器甩干多余的自来水，把土豆、茄子、胡萝卜、白萝卜等削皮切块，扔几段红辣椒和葱白，搁勺海盐，滴几滴橄榄油，倒入纯净水，开炖。蒸汽把锅盖顶得咣当响，锅子里的汤咕嘟咕嘟冒着泡，我快速盛一碗，边追剧边喝。

比如家里马桶堵了，我买了把搋子解决了；地漏堵了，我用螺丝刀和木棍解决了；马桶拴坏掉，我尝试自己修理无果，找来物业修理工解决了；厨房洗菜池坏掉、安装空调、热水器等，物业修理工解决了。比如感冒了，我有感冒冲剂和口罩；手脚冰凉，我有足贴和暖宝宝；鼻窦炎犯了，我有洗鼻器；肠胃不舒服，我有红糖姜茶；发烧的时候，打车去附近的医院检查。

也正因为我懂得了如何去生活，我的生活变得跳脱起来。

我开始在过地下通道时哼小曲，冲着我家猫乱舞，冲着花花草草以及流浪猫讲话，冲着陌生人微笑。三更半夜，失眠了，我趿拉着鞋子跑去楼下，被喂了两年多的流浪猫围着，我一边喝红牛一边剥栗子；觉得无聊了，我去楼下的小酒吧，喝杯我最爱的鸡尾酒Tequila Rose；想要写作了，背着笔记本，随便找家咖啡店，选个临窗的位子便可创造我的文字王国。

正是这样，我看到了白天湛蓝的天，看到了夜晚闪亮的繁星，看到了过马路的小奶猫，看到了啄食的麻雀，看到了开得正艳的花树，看到屋顶种满细竹的矮楼，还看到一条掉落在路中央的手帕。

……

和刚互惠时相比，我愈发明白了"穷则独善其身，达则兼济天下"的要谛。由于越来越懂得享受和珍惜生活，不知不觉中我变得越来越独立自主，形象也变得越来越好。

当然在菲律宾发生了这么多故事，也很值得写下来跟大家分享。这段经历带给我的益处并不比在丹麦时少，甚至比丹麦时更多，有心的读者朋友们，敬请关注我下本书。

关注和分享自我成长、探索人生方向，是我一直想要坚持分享的东西，期望我过得充实的同时也带给每一位读书动力。

祝我们过得越来越好。

附 录

丹麦互惠这件事

去丹麦互惠，可以说阴差阳错。

在我分享的整个互惠经历中，也有很多小故事遗漏，毕竟我没办法百分百还原整个事件，我也没办法以上帝的视角跟大家叙述。所以，故事掺杂着很多我当时的个人感受。同一件事，放在别人身上，可能会有不同的感受。还希望读者们学会思考，不要因为读了我的故事就冒然选择互惠。不然，异国他乡，方圆几十里就你一个中国人，遇到不公平待遇或发生意外时孤立无援时该怎么办？

我不想用过多的笔墨来讲述互惠过程的辛苦，但并不代表互惠真的很轻松容易。这一路上跌跌撞撞，把我摔得头破血流，我之所以咬牙坚持到最后，是因为我无路可退，也是因为我比较倔。

互惠时会遇到歧视，比如一些中国人会以为互惠是保姆，戴着有色眼镜看你，也有些家庭不能平等地对待互惠生，出门时也会遇到种族歧视。互惠时会因为工作吃不消身体出问题，比如我不止一次流鼻血和感冒发烧，甚至还长过荨麻疹。还会因为工作内容枯燥而变得麻木，失去对前途的希望，终日抑郁寡欢等等。

在此基础上，如果你还有过剩的精力，那么你才有机会挤时间给自己充电。比如找机会练口语、去语言学校学习，去旅行，去结交朋友。

这里，请有互惠想法的读者朋友们三思。

同时，警惕中介对互惠这件事的虚假宣传以及收取的高昂中介费。据我所知，百分之九十九的国家互惠根本不需要通过中介，完全可以通过互惠生网站自己申请（但需要警惕骗子）。

本来通过互惠出国开阔眼界的人，大多来自家境普通（甚至贫寒）的家庭，为什么要额外花几万中介费呢？省下来给自己充电不是更好吗？拿着这笔钱去旅行、去学习新技能或者给自己买新衣服新的电子产品，比浪费给中介要好多啦。而且自己申请，还可以锻炼自己办理签证的能力，给出国独立生活增加经验。

如果家境支持，又非常期待出国开阔眼界，那么还是直接留学吧。

举个例子，你想成为建筑设计师，互惠便是相当于去工地当瓦工，也许抹墙灰的过程让你得到锻炼并抓住机会上升，但离你当上建筑师还遥遥无期。

近几年，我收到无数封来自读者的私信，问了各种各样的问题。

有的人问我该不该出去互惠，有的人问想出去互惠却没勇气该怎么办。

有的人问我家里人支持她考研，但她想互惠好不好。

有人问我辞职去互惠值不值得。

……

不管大家怎么问，我还是一样的回答，问天问地问别人，不如在利益权衡后问自己的心。如果你三思好了，实在没有其他更好的出国策略，那就着手准备吧。很欣慰有读者私信我，正是读了我的文章才鼓足勇气并成功到美国互惠的，目前她在美国一切安好，正在积极努力提高口语中。

我由衷地祝福每一个正通过努力拼搏改变命运的人，成功冲破阶层，如愿以偿地过上自己向往的生活。

互惠生 DIY 攻略

（1）认真思考互惠的利弊，确定好要去的国家，并了解该国的互惠生相关条款。

先对这个国家做深入调查，熟知该国地理历史和文化风俗，再看该国家是否存在暴乱等危险，毕竟人身安全才是最重要的。

到该国移民局官网，查看互惠的相关信息。

以丹麦为例：

丹麦移民局官网：https://www.nyidanmark.dk/en-GB/You-want-to-apply

打开官网，可见页面左边有"Au pairs"字样。

点击打开新页面，便可阅读丹麦对互惠生相关的所有政策。分为两个部分，第一部分是互惠生相关的说明，比如互惠生的工作内容条款之类，第二部分是申请流程。

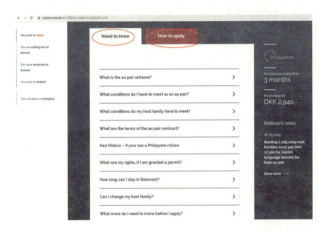

（2）互惠生须知 Need to know

●外国年轻人如果想学习丹麦语和了解丹麦文化，可以申请互惠生居住许可。也就是说必须和一个雇主家庭达成协议居住在一起，通过和雇主家庭其他成员的日常生活融入丹麦文化。雇主家庭会为互惠生提供食物、房间和零花钱，作为回报，互惠生需要做一些普通家务活。非欧盟/欧洲经济区的公民，必须通过页面向 SIRI 提交居住许可表。

●互惠生必须和雇主家庭签订合同，合同内容必须符合互惠生条例。

● SIRI 接到互惠生申请时，有理由从以下方面考核是否通过其申请：互惠生是否已经学习过相当于丹麦语 9 级的课程；互惠生是否能与雇主家庭沟通并管理自己，互惠生必须能够说和理解中等水平的丹麦语、瑞典语、挪威语、英语或德语；互惠生的申请的理由；任何以前在丹麦的居留许可或居留许可申请；任何以前在其它西方国家的互惠经历；任何以前在丹麦的雇主家庭；互惠生是否和雇主家庭存在亲戚关系，或者与一个或多个家庭成员有相同国籍；互惠生的教育程度和职业经验，成为互惠生与其生活、职业和发展是否有自然关联。

● 互惠生必须要 18 岁以上，30 岁以下；还没有组建家庭，例如：互惠生当前和过去必须未婚，必须没有稳定的同居关系或民事伴侣，不能有小孩，也不能期待生小孩，除非已经生活在丹麦并更换雇主家庭。

● 雇主家庭需至少有双亲之一和一个 18 岁以下的孩子在家，如果小孩的父母没居住在一起，你需要同意轮流和他们住在一起。父母双方都必须与你签订特殊互惠合同，并且符合成为寄宿家庭的条件。

● 雇主家庭父母至少有一人是丹麦公民、欧盟公民或在丹麦居住了很长一段时间的外国侨民。

● 雇主家庭需要在申请表格中澄清自己没有接受社会援助，并且之前没有虐待互惠生、被禁止请互惠生的记录。

● 雇主家庭需要给互惠生买三种保险：工伤事故保险，工伤外伤害保险，死亡和医疗保险包括死亡遗体运输保险。

● 从 2019 年 7 月 1 日起，雇主家庭必须要付 17300 丹麦克朗给丹麦国际劳工处（Danish Agency for International Recruitment and Integration），作为互惠生学习丹麦语学习经费。

● 雇主家庭和互惠生双方需要签订劳务合同，合同必须注明哪几个小时用来完成家务

●互惠生需要把自己当成家庭一员，协助家庭做日常打扫、照看小孩和洗衣物，但不需要照顾生病的家庭成年人和做他们的私事

●雇主家庭需要为互惠生每月提供至少 4350 克朗（2019 年标准）的津贴，并且提供免费食宿，津贴必须由雇主家庭在最后一个工作日前转账至互惠生名下的丹麦银行账户上，同时互惠生必须去当地的税收中心申请税卡进行纳税。

●雇主家庭需要为互惠生提供独立的房间，且自家房间要有公共客厅，每两个家庭成员住一间房，不得与其它家庭公用客厅厨房等。

●雇主家庭不能同时请两个互惠生，但当前互惠生合同期满前 14 天可以请新的互惠生

●互惠生必须每天工作 3-5 小时，每周至少休息 1.5 天，也就是说每周工作 18-30 小时；互惠生有权在丹麦节假日休息；互惠生工作 6 天/周，便享有 2.5 天的带薪假期，工作 5 天/周，便享受 2.08 天的带薪假期，互惠结束后互惠生休假，雇主家庭需要支付薪水。

●互惠生休假前需要雇主家庭书面同意声明

●互惠生有权去参加语言课程和兴趣活动，包括参加宗教活动

●互惠生有权在雇主家庭外，做一些义工活动

●互惠生生病，仍旧可以使用自己的房间，雇主家庭必须继续提供津贴和免费食宿

●雇主家庭必须为互惠生提供到丹麦的机票，航班时间和路线不能对互惠生造成不便

●雇主家庭必须为互惠生提供回国机票，当合同期满，航

班时间和路线不能对互惠生造成不便。如果你继续留在丹麦，成为新家庭互惠生，新家庭将为你买回国机票

●如果互惠生的居住许可过期，需在过期前 1 个月书面通知雇主家庭你想要回国还是寻找新家庭；如果互惠生的居住许可取消，需要在取消前 1 周书面通知雇主家庭，雇主家庭在收到互惠生的离开请求后不得晚于 3 周帮互惠生购买机票；

●如果互惠生没在规定的时间内通知雇主家庭回国，那雇主家庭有权拒绝为其买机票；如果雇主家庭没有在规定时间内为互惠生购买机票，将得到两年期处罚

（3）互惠生申请流程 How to apply

创建申请：

在创建申请居住许可表前，互惠生或雇主家庭应申请 ID 并交费。不管在线申请还是递交材料申请，申请人都需要保存好 ID 和申请表

生物数据采集：

面部照片和指纹采集数据芯片卡需要装在互惠生的居住卡上，在递交签证申请前，申请人应到领事馆或外部签证服务处进行数据采集。

申请签证准备材料：

下载 AUI 互惠生申请表格，打印填写好

互惠生与雇主家庭合同打印并各自签字

已付费的文档

护照复印件（包括所有的空白页以及护照的前后封面）

最高学历复印件

出生证明复印件

申请签证：

丹麦签证申请中心： http://www.denmarkvac.cn

北京市朝阳区工人体育场北路 13 号院 1 号楼 703 室（海隆石油大厦）邮编：100027

咨询电话： +86-10-84059639

电子邮件： infopek.dkcn@vfshelpline.com

丹麦驻华大使馆： http://kina.um.dk/

北京市朝阳区 三里屯东五街 1 号 邮编：100600

总机： +86 (10) 8532 9900

传真： +86 (10) 8532 9999

邮箱： bjsamb@um.dk

互惠生交流小组

互惠生申请攻略，源自于笔者个人整理，难免有遗漏或错误之处，欢迎广大读者批评指正。各位读者可以通过以下方式沟通交流：

QQ 群： 76925109

新浪微博： 安盼利 PanPan